햄릿

MINI BOOK
CLOUD
LIBRARY
27

햄릿

윌리엄 셰익스피어 지음
안영준 옮김

생각뿔

〈등장인물〉

햄릿 덴마크 왕자, 현재 왕의 조카
유령 덴마크 선왕의 혼령, 햄릿의 아버지
클로디어스 덴마크 왕, 햄릿의 숙부
거트루드 덴마크 왕비, 햄릿의 어머니

폴로니어스 재상
레어티즈 폴로니어스의 아들
오필리어 폴로니어스의 딸
레이날도 폴로니어스의 하인

호레이쇼 햄릿의 친구
로젠크란츠, 길던스턴 햄릿의 옛 학교 친구들
마셀러스, 버나도, 프란시스코 왕의 호위병들

볼티먼드, 코닐리어스 노르웨이로 파견된 덴마크 사절단
포틴브라스 노르웨이의 왕자

무언극 배우들
무언극 해설자
두 어릿광대
사제

포틴브라스 군대의 부대장
포틴브라스 군대의 군인들
영국에서 온 사신들

*그 밖의 등장인물: 귀족, 귀부인, 군인, 선원, 사자, 시종

〈장소〉
덴마크 엘시노어 성과 그 주변

The Tragedy of
Hamlet,
Prince of Denmark

1장

(덴마크 엘시노어 성 앞 초소. 프란시스코가 보초를 서고 있다. 버나도가 등장한다.)

버나도 거기 누구냐?

프란시스코 너는 누구냐? 암호를 대라! 멈추고 이름을 밝혀라!

버나도 국왕이시여, 만수무강하소서!

프란시스코 버나도?

버나도 그렇다.

프란시스코 제시간에 맞춰 왔군.

버나도 12시네. 잠자리에 들게나, 프란시스코.

프란시스코 교대해 줘서 고맙네. 지독하게 춥군. 마음이 울적해지네.

버나도 별 이상은 없나?

프란시스코 쥐 새끼 한 마리도 얼씬하지 않았다네.

버나도 그럼 잘 자게. 호레이쇼와 마셀러스를 만나거든, 빨리
서두르라고 일러 주게나. 나와 함께 망을 서기로 했어.

(호레이쇼, 마셀러스 등장)

프란시스코 마침 누가 오는 소리가 들리는군. 멈춰라! 거기
누구냐?

호레이쇼 이 나라의 친구들!

마셀러스 그리고 덴마크 왕의 충복.

프란시스코 그럼 수고하도록.

마셀러스 잘 가게, 프란시스코. 그런데 교대는 누구지?

프란시스코 버나도네! 그럼, 잘 부탁하네.

(프란시스코 퇴장)

마셀러스 어이, 버나도!

버나도 누구? 호레이쇼야?

호레이쇼 그런 셈이야.

버나도 잘 왔네, 호레이쇼. 마셀러스도 왔군.

호레이쇼 그래, 오늘 밤에도 유령이 나타났나?

버나도 아직 아무것도 못 봤어.

마셀러스 호레이쇼는 우리가 헛것을 봤다는 거야. 두 번이나
끔찍한 광경을 봤다는데 도대체 믿어 주지를 않아. 그래
서 오늘 밤 함께 망을 보자고 간청했네. 만약 유령이 또
나타난다면 우리를 믿어 주겠지. 그에게 말이라드 한번
걸어 봐야지.

호레이쇼 쳇, 나오기는 뭐가 나온다는 건가.

버나도 잠시 앉아서 우리가 하는 말을 들어 보게. 우티가 이
틀 밤이나 연속으로 그걸 보았다니까.

호레이쇼 그래, 버나도의 말을 들어 보겠네.

버나도 바로 어젯밤에도 보았다네. 북극성 서쪽에 있는 저
별이 반짝이는 길을 따라 저쪽 하늘로 옮겨 가던 그때,
종이 1시를 울렸는데…….

(유령 등장)

마셀러스 가만있어 봐! 저기 좀 봐! 또 그게 나왔다고!

버나도 선왕의 모습 그대로잖아.

마셀러스 호레이쇼, 자네는 학자가 아닌가? 말을 걸어 보게.

버나도 왕과 똑같군그래. 자세히 보게, 호레이쇼!

호레이쇼 흡사해. 온몸이 오싹해지는군. 어쩌면 이럴 수가.

버나도 자신에게 말을 걸어 주었으면 하는 눈치야.

마셀러스 한번 물어 봐, 호레이쇼!

호레이쇼 너는 누구냐? 정체가 무엇이기에 승천하신 선왕께
서 생전에 차려입은 전투 복장 차림으로 이 야심한 시
각에 나타났단 말이냐? 하늘을 걸고 명령하니 당장 말
하라!

마셀러스 기분이 상한 모양이야.

버나도 저기를 봐. 슬슬 가 버리는데.

호레이쇼 거기 멈춰 서라! 당장 말을 해, 말을! 명령이다!

(유령 퇴장)

마셀러스 그냥 사라져 버렸어. 대답하기 싫은 모양이야.

버나도 아니, 호레이쇼. 자네 얼굴이 창백해졌네. 지금 떨고
있나? 이래도 우리가 본 게 환상이라고 할 텐가? 어떻게
생각하는가?

호레이쇼 두 눈으로 보지 않았다면 신에게 맹세코 믿을 수
없었을 거야. 이제 어찌 믿지 않을 수 있겠는가?

마셀러스 선왕을 닮지 않았는가?

호레이쇼 자네가 자네와 닮았듯이 똑같네. 그분께서 노르웨
이 왕과 전투에 나섰을 때 입었던 갑옷 그대로야. 미간
을 찌푸리는 그 성난 표정은 전투 중에 썰매를 탄 폴란
드 놈들을 얼음판 위에서 쳐부수었던 바로 그때와 똑같
네. 이상한 일이야.

마셀러스 유령은 전에도 두 번이나 지나갔네. 무장하고 진군하는 병사처럼. 모두가 잠든 한밤중에 말이지.

호레이쇼 뭐라 이야기하긴 어렵지만 내 생각을 대충 말해 보겠네. 이 나라에 큰 재앙이 일어날 징조 같네.

마셀러스 자, 앉아서 얘기해 보게. 누가 알고 있다면 설명 좀 해 주게. 왜 우리가 이처럼 밤마다 보초를 서면서 엄한 경계 업무를 하고 있는지 말이야. 왜 청동 대포를 만드느라 고생해야 하는지, 외국에서 전쟁 물자를 사들여야 하는지. 왜 조선공들은 주일을 구분하지 못한 채 노역에 시달려야만 하는지. 도대체 어떤 일이 다가오기에 이처럼 급히 서둘러 백성들을 일꾼으로 만들어서 밤낮으로 땀 흘리며 일하게 하는지. 누가 속 시원히 말해 줄 수 없겠나?

호레이쇼 그건 내가 말해 주지. 적어도 소문은 이렇게 퍼져 있다네. 바로 전에 선왕의 형상이 우리에게 보였지만 말이야. 자네들도 알다시피 노르웨이 왕 포틴브라스는 극도로 경쟁적이고 자만심에 가득 차 있는 자 아니었던가. 하지만 우리의 용감한 햄릿 선왕은 그 포틴브라스의 목숨을 빼앗았지. 그렇게 해서 포틴브라스는 자기의 목숨뿐 아니라, 양국이 비준한 공식 합의서에 따라 그의 영토마저 모조리 햄릿 왕에게 빼앗기고 말았지. 물론 선왕께서도 그 전에 당신의 영토를 내걸었지. 포틴브라스가 이기면 그에게 영토를 주는 조건으로 말이야. 바로 그 약속에 따라, 적의 영토는 선왕에게 넘어오게 된 거야. 그런데 요즘 포틴브라스의 아들이 혈기왕성한 젊은 패기로 나서기 시작했어. 요즘 그는 노르웨이의 변방 여기저기에서 아무 일이나 닥치는 대로 저지르며 다니는 부랑배들을 마구잡이로 모으고 있다네. 그들에게 군량미를 대어 가면서 무언가 일을 꾸미고 있으니, 뻔하지 않은가! 자기 아버지가 잃어버린 영토를 되찾겠다는 속셈이지. 우리도 이를 잘 알고 있다네. 그래서 우리나라가 이렇게 군사 준비를 단단히 하는 걸세. 우리가 이렇게 보초를 서는 것도, 병사들이 이리저리 뛰어다니는 것도, 나라가 이토록 시끄러운 까닭도 다 그것 때문이라네.

버나도 나도 그렇게 생각하네. 다른 이유가 있을 리 없지. 갑옷 입은 선왕을 닮은 불길한 유령이 우리 앞에 떡하니 나타나는 것도 자네가 지금 설명한 말과 일맥상통하네. 그분이 과거나 현재나 전쟁의 당사자인 셈이니까.

호레이쇼 티끌 하나라도 눈에 들어가면 아프기 마련이지. 로마의 전성기, 강력한 영웅 카이사르가 쓰러지기 직전에도, 수의를 몸에 휘감은 시체들이 소리를 지르며 길거리를 활보하고 다녔다 하네. 요즘 우리나라에서도 그런 일들이 일어나고 있지 않은가. 불꼬리를 매단 별들이 나타나는가 하면, 핏빛 이슬이 내리기도 하지. 태양은 빛을 잃어서 이변이 나타나기도 하고. 바다의 신 넵튠을 지배하는 달조차 창백한 모습으로 보이곤 한다네. 앞으로 닥쳐올 흉조의 서곡처럼, 하늘과 땅이 힘을 합쳐 끔찍한 일을 보여 주고 있는 것이네.

(유령 등장)

호레이쇼 가만, 저기를 보게. 그게 다시 나타났어! 내가 어디 한번 막아 봐야지. 이러다 급살을 맞더라도 별 수 없지. 게 서라, 허깨비야!

(유령이 팔을 벌린다.)

호레이쇼 네가 소리를 내거나 말할 수 있다면 어디 다무 소리라도 내 봐라. 어떤 좋은 일이 있다면 해 봐라. 너를 편안하게 하고, 내게 좋은 일을 가져다줄 수 있는 이야기가 있다면 어서 말을 해 봐라. 나라의 운명을 알고 있거든 미리 말해 피할 수 있도록 입을 열어라. 혹시 생전에 땅속에 부정하게 얻은 재물을 파묻은 게 있다면 그런 이야기를 해도 좋다. 너희 영혼들은 그런 것들에 미련을 두고 있어서 사후에 그렇게 헤매고 다니곤 하지.

(닭 울음)

호레이쇼 마셀러스! 그가 가지 못하게 막아 봐!

마셀러스 내 창으로 찌를까?

호레이쇼 그래, 멈추지 않는다면.

버나도 이쪽이다.

호레이쇼 이쪽이다.

(유령 퇴장)

마셀러스 사라져 버렸어. 우리가 잘못했네. 그렇게 늠름한 모습을 한 자를 난폭하게 대했어. 그는 마치 공기와 같아서 여러 번 공격해도 상처를 입지 않아. 우리는 헛된 일격을 가해서 혼령에게 악의적인 조롱을 한 셈이네.

버나도 말하려던 순간이었는데, 수탉이 울고 말았어.

호레이쇼 사라져 버렸지. 죄를 지은 자가 무서운 부름을 받는 것처럼 놀라더군. 닭은 새벽의 나팔수라서 높고 날카로운 목청으로 낮의 신을 깨우지. 그 울음소리를 들으면 여기저기 떠다니던 유령들이 모두 자기 자리로 돌아간다고 들었네. 이 말을 유령이 증명한 셈이군.

마셀러스 닭이 울자 사라졌어. 누군가가 성탄절 축하 기간이 되면 새벽을 알리는 닭이 밤새워 노래를 부른다더군. 그래서 유령들이 감히 밖에 다니지도 못한다네. 그대는 밤이 안전해진다고 하지. 별의 힘도 땅에 미치지 못하고, 요정이나 마녀도 힘을 못 쓰게 되기 때문이라고 하네. 그렇게 맑고 신성하고 복스러운 기운이 넘쳐나는 때가 된다는 거야.

호레이쇼 그건 나도 들은 적이 있어. 일부는 사실이라 믿고 있네. 그런데 보게. 해가 여덟 가지 색 외투를 걸치고서 이슬을 밟으며 저 동쪽 산마루에서 올라오고 있네. 자, 이제 보초 서는 일은 그만두세. 오늘 우리가 본 것을 햄릿 왕자님께 알려 드리세. 그 유령이 우리에게는 아무 말도 하지 않았지만, 왕자님께는 반드시 어떤 말을 전할 것만 같네. 우리가 맡은 일이나 직책으로 보아, 그게 당연한 일이 아닐까?

마셀러스 그렇게 해야지. 때마침 오늘 아침에 왕자님을 뵐 수 있는 곳을 내가 잘 알고 있네.

(모두 퇴장)

2장

(궁전 안. 나팔 소리. 덴마크 왕 클로디어스, 거트루드 왕비, 폴로니어스 등 대신들, 폴로니어스의 아들 레어티즈와 딸 오필리어, 상복을 입은 햄릿이 다른 사람과 함께 등장한다.)

클로디어스 아직도 세상을 떠난 형에 대한 기억이 생생하도다. 우리는 마땅히 다 함께 가슴속에 그 슬픔을 감추고, 우리 왕국 전체는 오로지 한 가지 수심에 잠겨 있을 것이리라. 우리는 가장 현명하게 선왕에 대한 애도의 정을 지님과 동시에, 자신의 본분도 절대 잊어서는 안 된다오. 과거에는 형수였지만 오늘날 나의 왕비가 된, 전운이 감도는 나라의 왕권을 나와 함께 나누어 가진 분을 한 눈에는 눈물을 또 다른 한 눈에는 웃음을 띠어 가며,

마치 기쁘게 장례를, 슬프게 혼례를 치른 듯이, 희비애락을 똑같이 헤아리면서 나의 왕비로 기꺼이 맞이했소. 짐은 이번 일에 있어서 경들과 상의했고, 경들의 현명한 의견을 충분히 참작했소. 짐은 그 모든 의견에 대해 경들에게 고마움을 전하겠소. 다음은 경들도 모두 알다시피, 포틴브라스 2세에 관한 이야기요. 그가 이쪽의 실력을 과소평가했는지, 아니면 내 형의 죽음으로 달미암아 국가의 질서가 문란해지고 사기가 떨어졌다고 생각했는지, 자신이 유리하다고 착각했는지 기어이 사신을 보내어 짐을 괴롭히고 있소. 자기 아비가 계약한 대로 우리 용맹하신 선왕께 잃은 영토를 다시 반환하라고 했다오. 그건 그렇고.

(볼티먼드, 코닐리어스 등장)

클로디어스 이제 짐에 대한 것과 오늘 모임에 대해 이야기하겠소. 짐은 노르웨이의 왕, 즉 포틴브라스의 숙부께 칙서를 써 보내도록 하겠소. 칙서의 내용은 노르웨이의 왕이 기력이 쇠한 탓으로 병석에 누워 있기 때문에 조카가 지닌 야심을 잘 모르는 것 같으니, 백성들을 소집해 대군을 조직하는 일이 없도록 해 달라는 것이오. 그 사신으로 코닐리어스 경과 볼티먼드 경을 임명하오. 여기에 구체적으로 명시된 전권 내에서 노르웨이 왕과 협상하시오. 그 이상의 권한은 부여되지 않음을 명심하시오. 부디 잘 다녀오길 바라오. 또 서둘러 임무를 완수해 주기 바라오.

볼티먼드, 코닐리어스 분부하신 대로 임무를 다하겠습니다.

클로디어스 잘 다녀오시오.

(볼티먼드, 코닐리어스 퇴장)

클로디어스 레어티즈, 용건이 무엇인가? 내게 청이 있다고 들었는데, 말해 보아라. 이 덴마크 왕이 들어주지 않을 이유가 어디에 있겠는가. 네가 굳이 부탁하지 않아도 내가 먼저 알아서 들어줄 테다. 덴마크 왕실과 네 조상 사이는 뇌수와 심장 사이보다 더 깊고 긴밀한 관계가 아닌가. 손이 입의 도구 역할을 한다고 하지만, 우리 관계보다 더할 수는 없으리라. 너의 청이 무엇이란 말인가?

레어티즈 존경하는 전하, 황송하옵니다. 이제 소신을 프랑스로 돌아가도록 허락해 주십시오. 소신은 전하의 대관식에 참여하고자 귀국했습니다. 소신의 소망은 이미 프랑스를 향해 있습니다. 자애로우신 전하, 부디 너그러이 허락해 주시옵소서.

클로디어스 그대 부친의 허락은 받았는가? 폴로니어스 경!

경의 뜻은 어떠한가?

폴로니어스 예, 자식 놈이 어찌나 졸라 대는지 본의 아니게 허락해 주었습니다. 이제 아비로서 전하께 바라옵니다. 부디 허락해 주시옵소서.

클로디어스 그래, 가도록 하라. 레어티즈. 네 시간은 너의 것이다. 네 뜻대로 쓰거라. 자, 이번엔 내 조카이자 아들인 햄릿 차례로구나.

햄릿 친척보다 더 가까운 관계가 됐지만, 혈육이라 부를 수는 없습니다.

클로디어스 얼굴에 먹구름이 가득하다. 어찌 된 일이냐?

햄릿 아닙니다, 전하! 햇빛을 많이 받고 있습니다.

거트루드 착한 햄릿! 어두운 상복은 벗어 버리렴. 이제 덴마크 왕을 좀 더 다정하게 바라보렴. 왜 너는 항상 아래만 내려다보는 것이냐. 앞으로 계속 땅속에 묻힌 아버지만 찾을 게냐? 너도 알지 않느냐. 모든 생명은 반드시 죽기 마련이란 것을. 누구나 한 번은 삶을 마치고 영원으로 돌아가게 되는 것 아니냐.

햄릿 물론이지요. 그렇습니다.

거트루드 그렇다면 왜 그리 너만 유별나 보이는 것이냐?

햄릿 보인다고요? 아닙니다. 사실이 그렇습니다. 그리고 그렇게 보이든 안 보이든, 그건 제가 알 바가 아닙니다. 어머니, 이 검정 외투나 격식에 맞는 엄숙한 상복, 억지로 내쉬는 요란스러운 한숨. 이러한 것들이 저의 심정을 그대로 대변하지는 못합니다. 물론 넘치는 냇물처럼 흘러내리는 눈물, 실의에 빠진 비통한 표정, 슬픔을 나타내는 온갖 형태와 그 방법들, 그런 것들이 모두 겉보기에는 그럴싸하게 보입니다. 그런 연극쯤은 누구라도 연기할 수 있습니다. 하지만 제 가슴속에는 그런 겉치레와는 차원이 다른 비애가 담겨 있습니다.

클로디어스 부친을 애도하는 참으로 아름답고 가상한 성품을 지녔구나. 하지만 반드시 알아 두어야 할 게 있다. 네 부친도 부친을 잃었고, 네 조부 또한 부친을 잃었다. 뒤에 남은 자는 자식 된 도리로 어느 기간 동안 애도하기 마련이다. 바로 그게 자식 된 도리이기도 하다. 하지만 고집스럽게 오랫동안 비탄에 잠겨 있는 일은 신을 모독하는 고집이라고 할 수 있으며, 대장부답지 못한 나약한 행동이다. 그것은 하늘을 거역하는 불경스러운 태도일 뿐만 아니라 신을 믿지 않는 단순하고 분별없는 태도다. 죽음이란 피할 수 없고 어찌 할 수 없이 일어나는 일이라는 것을 알고 있으면서도 고집을 피우면서 그에 반항

하는 사람이 있다고 하자. 그런 행동은 잘못된 것이다. 신께 죄를 짓는 것일 뿐 아니라 고인에게도 잘못된 행동을 저지르는 것이다. 또 세상의 도리와 자연의 이치에도 어긋난다. 부친의 죽음은 지극히 평범한 자연의 이치에서 비롯된 일이다. 인류가 처음 죽음을 경험한 날부터 지금까지 이것만은 절대로 피할 수 없다는 것을 자연이 항상 우리에게 소리쳐 말해 주지 않았느냐. 쓸데없는 비통함은 이제 땅에 내던지고, 나를 친아버지처럼 생각해 다오. 너는 왕위를 이어받을 사람이다. 내가 친아버지 못지않은 애정을 갖는 것도 당연한 일이다. 너는 비텐베르크 대학으로 돌아가고 싶다고 하지만, 그건 나의 뜻과 너무 멀다. 여기에 머무르면서 나의 최고의 중신이자 조카이자 아들로서 힘을 주고 위안이 되어 다오.

거트루드 애야, 어미의 소원을 헛되지 않게 해 다오. 햄릿, 비텐베르크로 돌아가지 말고 여기에서 우리와 함께 있어 줄 수는 없겠니?

햄릿 최선을 다해 어머니의 뜻을 따르겠습니다.

클로디어스 정말 기특하구나. 짐과 함께 덴마크에서 지내도록 하라. (거트루드에게) 왕비, 햄릿이 이렇게 자진해서 내 뜻을 받아들이니 마음이 풀리는구려. 오늘을 축하하

는 의미에서 덴마크 왕이 축배를 들도록 하겠소. 짐이
건배할 때마다 축포를 터뜨려 하늘에 알리도록 해야겠
소. 그래야 하늘도 왕의 주연을 축하하고 지상의 즐거움
에 답할 것 아니겠소. 이제 안으로 들어갑시다.

(햄릿만 남기고 모두 퇴장)

햄릿 아, 이 더러운 육신이 완전히 녹아 이슬로 변해 버렸으
면. 신께서는 왜 자살을 금지하는 법을 정하셨나. 세상
만사가 모두 귀찮다. 덧없고 지루하고 쓸데가 없구나.
염병할 세상. 세상은 잡초투성이 정원이다. 그 잡초가
무성하게 자라난다. 조잡하고 거친 것들이 이 세상을 채
우고 있구나. 아버지께서 돌아가신 지 겨우 두 달밖에,
아니 두 달도 채 못 된 것 아닌가. 아버지는 그리도 훌륭
한 왕이셨는데. 지금의 왕에 비하면 천양지차 아닌가.
어머니를 너무도 사랑하셔서 바람이 세게 불면 그걸 맞
는 것조차 말리실 정도였지. 제길, 그런 일까지 머릿속
에 떠올려야 한단 말인가? 어머니는 먹을수록 식욕이
늘어나는 것처럼 아버지께 매달리곤 하셨지. 하지만 채
한 달도 못 돼…… 그래, 아예 생각을 말자. 여자란 어
쩔 수 없어. 니오베 여신처럼 온통 눈물에 잠겨 아버지
의 상여를 따라가던 신발이 채 닳기도 전에…… 어머니

가 저 숙부의 품에 안기고 말다니. 사리를 분간하지 못하는 짐승이라고 하더라도 이보다는 더 오래 슬퍼했을 것 아닌가. 한 형제라고는 해도 나와 헤라클레스만큼이나 차이가 나는 저런 자와 한 달도 채 안 되어 결혼하다니! 거짓 눈물의 소금기가 눈이 벌건 그 언저리에서 사라지기도 전에 말이야. 너무도 빠르고 더럽구나. 음란한 이부자리로 그리도 재빠르게 달려간단 말이냐. 옳지 않다. 하지만 멈추자, 이 생각만큼은! 이 가슴이 터지는 한이 있더라도 입을 다물어야 한다.

(호레이쇼, 마셀러스, 버나도 등장)

호레이쇼 안녕하십니까, 왕자님.

햄릿 반갑네. 아니, 호레이쇼 아닌가? 내 정신 좀 보게.

호레이쇼 네, 저 맞습니다. 왕자님의 영원한 충복이지요.

햄릿 이 친구! 나야말로 오히려 그렇게 말하고 싶은 심정일세. (악수하며) 호레이쇼, 비텐베르크에서 어쩐 일로 돌아왔는가? 아, 마셀러스도 있군.

마셀러스 왕자님!

햄릿 반갑네. (버나도에게) 아, 자네도 별일 없었나? (호레이쇼에게) 그런데 정말 무슨 일로 비텐베르크에서 돌아왔나?

호레이쇼 제가 원래 게으른 놈 아닙니까.

햄릿 자네의 원수가 그렇게 말해도 안 듣겠네. 자네 스스로 자기 욕을 하는 그 말을 내가 믿을 줄 아는가? 자넨 게으름뱅이가 아니네. 무슨 일로 이 엘시노어에 왔는가? 떠나기 전에 우리 진탕 마셔 보세.

호레이쇼 선왕을 보러 왔습니다.

햄릿 제발 농담은 그만. 그보다 우리 어머니의 결혼식을 보러 온 거겠지?

호레이쇼 겸사겸사 온 거지요.

햄릿 이보게. 그게 다 경제적인 문제라네. 장례식에 올린 음식을 식혀 결혼식 식탁에 올린다는 거지. 이런 꼴을 볼 바에야 차라리 하늘에서 원수를 만나는 편이 더 낫겠어. 이보게, 호레이쇼! 아버지를 본 것만 같아.

호레이쇼 어, 어디서 말씀입니까?

햄릿 내 마음속에서.

호레이쇼 저도 뵌 적이 있습니다. 훌륭한 왕이셨습니다.

햄릿 늠름한 대장부셨지. 그런 분을 다시 섬길 수 있을지 모르겠네.

호레이쇼 사실 어젯밤에 그분을 뵌 것 같습니다.

햄릿 누구 말인가?

호레이쇼 선왕 말입니다.

햄릿 선왕? 아버지?

호레이쇼 잠시 진정하시고 제 얘기를 들어 주십시오. 디상한 일을 말씀드려야 할 것 같습니다. 이 두 사람이 증인이지요.

(마셀러스와 버나도를 돌아본다.)

햄릿 빨리 얘기하게!

호레이쇼 마셀러스와 버나도가 이틀 밤이나 보초를 섰습니다. 죽은 듯이 고요한 캄캄한 한밤중이었습니다. 선왕의 모습과 똑같이 생긴, 머리 꼭대기부터 발끝까지 완전히 무장한 혼령이 나타났습니다. 그가 이 두 사람 옆을 엄숙한 걸음걸이로 천천히 지나갔습니다. 손에 쥔 지휘봉이 닿을락 말락 한 아주 가까운 사이를 두고 말입니다. 겁에 질린 두 사람 앞을 세 번씩이나 지나쳐 갔답니다. 두 사람은 양초처럼 녹아 버려 벙어리처럼 멍하니 서서, 어떤 말도 걸어 보지 못했답니다. 이들은 이 무서운 비밀을 저에게 알렸습니다. 저 역시 사흘째 밤에는 함께 보초를 섰습니다. 그때 이들이 말한 그대로, 똑같은 시간에 똑같은 혼령이 나타났습니다. 이미 저는 선왕을 잘 알고 있습니다. 선왕이셨습니다. 저의 이 두 손도 그만큼 서로 닮지는 않았을 겁니다.

햄릿 거기가 어딘가?

마셀러스 저희가 어제 보초를 선 망루 위입니다.

햄릿 혼령에게 말을 걸지는 않았나?

호레이쇼 당연히 말을 걸어 보았지요. 대답은 전혀 없더군요. 다만 한 번 고개를 들고, 머뭇머뭇하면서 무언가를 말하려고 했지요. 바로 그때 새벽닭이 크게 울었습니다. 그 큰 소리에 놀라 혼령은 그만 급히 사라지고 말았답니다.

햄릿 참 이상한 일이로군.

호레이쇼 거짓말이 아닙니다. 이 일을 왕자님께 알려 드리는 것이 저희의 의무라고 생각했습니다.

햄릿 음, 그렇고말고. 그런데 내 마음이 무척 혼란스럽네. 자네들, 오늘 밤에도 보초를 서나?

버나도, 마셀러스 예, 보초를 섭니다.

햄릿 무장한 상태였다고?

버나도, 마셀러스 예, 그렇습니다.

햄릿 머리에서 발끝까지?

버나도, 마셀러스 예, 머리에서 발끝까지.

햄릿 얼굴은 보지 못했나?

호레이쇼 아닙니다. 보았습니다. 얼굴 가리개를 올리고 있었으니까요.

햄릿 표정이 어땠나? 성난 얼굴이었나?

호레이쇼 화가 났다기보다 슬픈 표정이라고 할까요.

햄릿 얼굴이 창백하던가, 아니면 붉던가?

호레이쇼 아주 창백했습니다.

햄릿 자네를 쏘아보던가?

호레이쇼 예, 뚫어지게 쏘아보았습니다.

햄릿 나도 그 자리에 있었다면……

호레이쇼 만일 거기에 함께 계셨다면 무척 놀라셨을 겁니다.

햄릿 그랬을 테지. 오래 머물러 있었나?

호레이쇼 적당한 속도로 100을 셀 만큼 머물러 있었습니다.

버나도, **마셀러스** 더 길었어. 더 길었다고.

호레이쇼 내가 봤을 때는 그렇게 오래는 아니었어.

햄릿 수염은 희끗희끗하던가?

호레이쇼 예, 생전에 뵈었던 것처럼 검은 수염에 은빛이 섞여
  있더군요.

햄릿 오늘 밤에 나도 함께 보초를 서겠네. 혹시 또 나타날지
  도 모르니까.

호레이쇼 분명히 다시 나올 겁니다.

햄릿 만일 혼령이 아버지의 모습이라면 나는 한번 말을 걸어
  보겠어. 지옥이 아가리를 벌리고 나에게 침묵을 명령하

더라도 말이야. 모두가 지금까지 이 일을 숨겨 왔으니, 앞으로도 이 일은 비밀로 해 주게나. 그리고 오늘 밤 무슨 일이 일어나더라도 모든 것을 입 밖에 내지 말아 주게. 부탁하네. 자네들의 그 호의에는 반드시 보답하겠네. 다들 잘 가게. 11시와 12시 사이에 망루에서 보세.

버나도, 마셀러스, 호레이쇼 충성을 다하겠습니다.

햄릿 아니, 이건 우정일세. 다들 잘 가게.

(모두 절하고 퇴장)

햄릿 아버지의 혼령이 무장을 했다고? 이건 보통 일이 아니다. 무슨 흉계라도 있는 것만 같다. 밤이 빨리 왔으면. 하지만 그때까지 참아야지. 악행은 사람들 눈에 의해 반드시 드러나는 법이다. 비록 온 대지가 감춘다고 해도 말이지.

(퇴장)

3장

(궁전 안 폴로니어스 집의 어느 방. 레어티즈와 오필리어가 등
장한다.)

레어티즈 짐은 배에 실었다. 오필리어, 잘 있거라! 바람이 잔
잔하게 불어 배편이 있거든 편지를 전해 다오.

오필리어 알겠어요, 오빠!

레어티즈 햄릿 왕자님이 네게 호의를 베푸는 건 단지 청춘
한때의 욕정에 불과해! 마치 봄 한철에 피는 제비꽃과
같다고나 할까. 성급히 피지만 그만큼 빠르게 시드는
한순간의 향기와 기분 전환일 뿐이야. 그 이상은 아니
란다.

오필리어 정말 그럴까요?

레어티즈 그 이상은 아니야. 사람은 근육과 몸집만 성장하는 건 아니야. 몸이 커지면서 심성과 영혼의 내적인 부분도 함께 성장한단다. 아마 그분이 지금은 널 사랑할지도 몰라. 지금은 어떤 흑심이나 흉계도 그분의 순수한 사랑을 더럽히지 않을 수 있지. 하지만 그분의 신분은 다른 사람과 달라. 자기 뜻을 마음대로 펼치지 못하는 처지라고. 그분의 행동 하나하나가 온 백성의 안녕을 좌우하기 때문이지. 따라서 그분의 선택은 국가수반으로서 국가의 동의와 찬성에 묶여 있을 수밖에 없단다. 그분이 널 사랑한다고 말하면 그걸 어디까지 믿어야 하겠니? 그분은 자신의 특수한 지위와 권력하에 행동하는 것이란다. 그러니 그 말에 정신을 잃거나, 그분의 청에 너의 정조를 내 주는 날엔 처녀의 몸을 두 번 다시 건질 수 없을 테니 부디 명심해라. 오필리어, 알겠니? 그 점을 잘 판단해서 행동하길 바란다. 애정과 관련해서는 멀리 비켜 앉아 그의 욕망의 화살이 닿지 않도록 조심해야 한단 말이야. 조신한 처녀라면 달 앞에 얼굴을 내놓는 일도 지나친 일이란 걸 명심하렴. 이 세상의 중상모략은 정숙한 여인도 피할 수 없는 매우 치명적인 것이란다. 봄철 새싹은 피어나기도 전에 벌레한테 먹히고, 이슬 맺힌 청춘의 아침은 오히려 해악의 피해를 입기가 더 쉽단다. 그러니 조심해야 해. 조심 또 조심하는 게 상책이란다. 청춘의 시절에는 상대가 없어도 저절로 욕정이 생겨나기 마련이니까 말이야.

오필리어 오빠의 가르침을 가슴의 파수꾼으로 간직할게요. 하지만 오빠! 저 사악한 목사들처럼 그 험한 가시밭길을 천국으로 가는 길이라고 무책임하게 가르쳐 주시는 건 싫어요. 그들은 오만 방자한 방탕아처럼 환락의 꽃밭을 걷고 있잖아요. 자기 자신이 설교한 내용과 영 딴판으로 살고 있다고요.

레어티즈 오, 내 걱정은 하지 마라. 너무 오랜 시간을 지체한 모양이구나.

(폴로니어스 등장)

레어티즈 아버지가 오시는구나. 축사가 반복되면 복도 그만큼 더 많이 받게 되겠지. 아주 좋은 기회야. 다시 한번 작별 인사를 드려야겠다.

폴로니어스 아직도 여기에 있었구나. 서둘러 배를 타렴. 돛이 바람을 가득 안고 너를 기다리고 있단다. 자, 축복을 받으렴.

(폴로니어스는 아들의 머리에 손을 얹는다.)

폴로니어스 몇 마디 훈계의 말을 들려줄 테니 잘 새기도록 하렴. 알겠지? 네 생각을 함부로 입 밖에 내지 말고, 엉뚱한 생각을 행동으로 옮기지 마라. 친구를 사귈 때도 아무하고나 어울려서는 안 된다. 일단 사귀게 된 친구는 영혼의 쇠사슬로 묶어 두어라. 하지만 새로 만난 풋내기들과 악수나 하면서 손바닥 신경을 무디게 만들어서는 절대 안 된다. 싸움하지 마라. 부득이하게 싸우게 된다면 상대방이 너를 경계할 정도로 철저히 싸워라. 누구의 말이든 귀를 기울이되, 네 의견을 밝히는 것은 삼가라. 이것은 남의 의견은 잘 들어 주되, 옳고 그른 판단을 내리는 것을 삼가란 뜻이다. 옷을 입는 데는 지갑이 허락하는 데까지 하되, 요란하고 괴상한 모습을 해서는 안 된다. 즉, 값지되 너무 화려해서는 안 된다는 뜻이다. 의상은 종종 그 사람을 잘 표현해 주는 훌륭한 수단이다. 프랑스 상류 계급 사람들은 이런 방면의 안목이 탁월하다고 하더구나. 돈은 꾸지도 말고 빌려주지도 말아라. 빚 때문에 돈과 사람을 모두 다 잃게 되고, 돈을 빌리면 절약하는 마음이 무뎌진다. 무엇보다 네 자신에게 건실한 사람이 되어라. 밤이 낮을 자연스럽게 따르듯, 다른 사람에게도 건실한 사람이 되지 않을 수 없다. 잘

가거라. 내 훈계의 말이 네 마음속에서 무르익기를 기
도하겠다.

레어티즈 이만 물러가겠습니다.

폴로니어스 시간이 없구나. 어서 가 보렴. 하인들이 기다리고
있구나.

레어티즈 오필리어, 잘 있어라. 내가 한 말 명심하렴!

오필리어 제 가슴속에 자물쇠를 꼭 잠가 두었으니, 열쇠는 오
빠가 가지고 계세요!

레어티즈 안녕!

(레어티즈 퇴장)

폴로니어스 오빠가 무슨 말을 했니?

오필리어 햄릿 왕자님에 대한 이야기였어요.

폴로니어스 그래, 요즘 햄릿 왕자님이 자주 너를 찾는다고 들
었다. 너도 그분을 만나서 말을 잘 들어 준다고 들었다.
그런데 이 일을 조심시키라고 내게 일러 주신 분이 있
었다. 만약 그분의 말이 사실이라면 네게 단단히 주의를
주어야겠구나. 내 딸답게 내 명예에 합당한 처신을 해야
할 텐데 말이야. 아직 너는 분별력이 없는 듯 보이는구
나. 요즘 둘 사이에 무슨 일이 있었는지 내게 솔직하게
털어놓으렴.

오필리어 요즘 그분이 저에게 여러 번 사랑 고백을 하셨어요.

폴로니어스 사랑이라고? 허, 참! 넌 정말 풋내기 같은 말을 다 하는구나! 네가 이런 위험천만한 일을 겪어 봤어야지. 그 말이 진실하게 들리더냐?

오필리어 저는 이걸 어떻게 받아들여야 할지 잘 모르겠어요.

폴로니어스 음, 그러면 내가 가르쳐 주겠다. 너는 어린애나 다름이 없구나. 그분의 말을 곧이곧대로 받아들이다니. 그건 부도 수표나 다름이 없다. 자신의 값을 좀 더 비싸게 불러야지. 그렇지 않으면 이 아비는 너 때문에 바보 취급을 당하고 말 거다. 아니, 이러다가 내 숨이 금방 끊어지고 말 거야.

오필리어 그분은 진실한 태도로 사랑을 구하셨어요.

폴로니어스 뭐라고? 상투적인 말이겠지. 정말 기가 막히는구나.

오필리어 그리고 하늘의 온갖 신성한 맹세로 자신의 말을 증명해 보였어요.

폴로니어스 그런 게 바로 새를 잡을 때 쓰는 덫이라는 거다. 난 잘 안다. 젊은 피가 끓을 때는 이것저것 요란한 맹세를 하지 않을 수 있겠니? 그런 불꽃은 열보다 빛을 더 많이 내기 마련이다. 하지만 그렇게 이런저런 맹세를 지껄이다 보면 어느새 열이며 빛 따위는 모두 다 사라지기 마련이란다. 불이라고 해서 모두 다 불은 아니란다. 너도 이제부터 처녀답게 몸가짐을 조신하게 해야 한다. 그분이 무작정 명령하면 그저 따른다는 식이 아니라, 조금 더 도도하게 행동해야 한단 말이다. 햄릿 왕자님은 나이도 젊고, 너보다 훨씬 더 자유로운 몸이다. 그런 것쯤은 알고 상대를 대해야 한다. 그의 맹세를 믿지 마라. 남자의 맹세는 겉으로 보이는 빛깔과 전혀 다르다. 욕망을 채우기 위해 신성하고 거룩한 척하며 여자를 유혹하는 중매쟁이의 말과 같다고나 할까. 그렇게 해야만 여자들이 더 잘 속아 넘어가게 된단 말이야. 결론부터 말하도록 하마. 앞으로는 절대, 그리고 잠시라도 왕자님과 이야기를 나누어서는 안 된다. 알겠니? 이건 아버지의 명령이다. 이제 들어가자.

오필리어 분부대로 하겠어요, 아버지.

(폴로니어스, 오필리어 퇴장)

4장

(햄릿, 호레이쇼, 마셀러스 등장)

햄릿 바람이 살을 에는 것처럼 춥구나.

호레이쇼 정말 살을 떼어 낼 것 같은 바람입니다.

햄릿 지금 몇 시지?

호레이쇼 자정은 되지 않았습니다.

마셀러스 아니야. 방금 12시 종을 쳤다고.

호레이쇼 정말? 난 못 들었어. 그럼 곧 유령이 나타날 시간
이군.

(궁궐 안에서 나팔 부는 소리와 두 발의 대포 소리가 들려온다.)

호레이쇼 왕자님, 저건 무슨 소리입니까?

햄릿 왕이 밤새도록 주연을 펼치는 거라네. 술을 진탕 마시

고 비틀거리며 춤추곤 하지. 그야말로 난장판이 벌어진
다네. 왕이 독일산 포도주를 한 잔씩 들이킬 때마다 북
을 치고 나팔을 분다네. 왕의 건배를 백성들에게 알린다
는 명목으로 말이야.

호레이쇼 항상 저렇게 합니까?

햄릿 그렇다네. 나는 이곳에서 태어나 이 나라 풍습에 젖어
있는 몸이라네. 하지만 이런 풍습은 지키느니 깨뜨리는
것이 명예로울 것 같네. 저렇게 술을 진탕 마셔 대니 외
국인들이 우리에게 주정뱅이라며 욕을 해 대는 것 아닌
가. 아무리 우리가 영광스러운 일을 한다고 하더라도 저
렇게 진탕 술을 마셔 대면 우리가 진짜로 이룬 성과는
다 놓치는 셈 아닌가. 물론 누구에게나 세상에 나올 때
부터 타고난 결함은 있는 법이지. 그건 그들의 잘못은
아니야. 인간의 태생은 제 의지대로 선택할 수 있는 게
아니니. 하지만 어떤 성질이 지나쳐서 이성의 한계를 허
물거나, 어떤 습관이 지나쳐서 관습의 경계를 어긋나게
하거나 불미스러운 일이 발생하기도 하지. 선천적이든
후천적이든 치명적인 하나의 결점을 지니고 있는 사람
들은 아무리 순수한 미덕을 많이 가지고 있다고 하더라
도 그 치명적인 약점 때문에 세상 사람들의 시각으로는

완전히 부패한 존재처럼 보이는 걸세. 아무리 고귀한 성품을 가진 인물이라고 하더라도 아주 작은 결점 때문에 사람들에게 미움을 받고, 세상의 악평을 가져오기 마련이 아닌가.

(갑자기 유령이 나타난다.)

호레이쇼 왕자님, 저기를 보십시오.

햄릿 하느님, 우리를 보호해 주시옵소서! 이봐, 그대는 천사인가, 악마인가? 천상의 정령인가, 아니면 지옥의 악령인가? 그대의 마음이 착한지 악한지는 잘 모르겠지만, 인간의 모습을 쓰고 나타났으니 내가 물어봐야겠네. 그대를 덴마크 왕, 햄릿의 아버지라고 부르겠소. 자, 대답해 보시오! 이 가슴속이 답답해서 폭발할 것만 같구나. 죽어서 격식을 갖추어 땅속에 묻힌 시체가 어찌 수의를 찢고 여기에 나타났단 말인가? 그대를 고요하게 모신 무덤이 어찌 그 무거운 대리석 턱을 벌려 시체를 뱉어 버렸단 말인가? 그대가 이렇게 다시 완전 무장을 하고, 어스름한 달빛 아래로 찾아와 이 밤을 이리도 소름끼치게 만드는 까닭은 무엇인가? 아아, 자연의 법칙에 묶여 꼼짝도 하지 못하는 우리 인간들이 한심스럽기 짝이 없도다. 왜 인간이 풀지 못할 숙제를 던지는가? 왜 우리의 간담을 서늘하게 하는가? 어서 말해 보시오, 도더체 왜 이러는 건가? 어떻게 해 달라는 건가?

(유령이 햄릿에게 손짓한다.)

호레이쇼 따라오라고 손짓하는군요. 저런 시늉을 보니, 왕자님과 비밀 이야기를 나누고 싶은가 봅니다.

마셀러스 정중한 태도로 다른 곳으로 가자고 손짓하는 것 같군요. 따라가지는 마십시오.

호레이쇼 절대로 가시면 안 됩니다!

햄릿 여기선 뭔가 말을 할 것 같지 않네. 그러니 내가 따라가야겠어.

호레이쇼 가지 마십시오.

햄릿 왜? 무엇이 두렵단 말인가? 난 나의 목숨을 바늘만큼도 소중히 여기지 않는다네. 내 영혼이야 저것이 어찌 하겠는가. 게다가 영혼은 그 자체로 불멸 아니겠는가? 오라고 또 손짓하지 않는가. 이제 나는 따라가 보겠네.

호레이쇼 저것이 왕자님을 강이나 바다로 유인하면 어쩌려고요. 불쑥 튀어나온 절벽 꼭대기나 그런 위험한 곳으로 왕자님을 데려가면 어떻게 하실 겁니까? 끔쯔한 괴물로 변해 버려서 왕자님의 이성을 빼앗고 미치기 하면 어떻게 하실 겁니까? 잘 생각해 보십시오. 바다 절벽에

서 큰 파도 소리를 들으며 아래를 내려다보면 별 이유
가 없어도 뛰어내리고 싶은 절박한 충동에 사로잡히는
법입니다.

햄릿 여전히 손짓하고 있구나. 따라가겠다.

마셀러스 안 됩니다, 햄릿 왕자님.

햄릿 이 손을 놓아라.

호레이쇼 진정하세요. 절대 가시면 안 됩니다.

햄릿 운명이 나를 소리쳐 부른다. 네메아 산중 사자의 힘줄
처럼, 온몸의 핏줄에 기운이 솟는다. 여전히 나를 부르
는구나. 내 손을 놓아라. 나를 방해하면 황천으로 보낼
것이다. 비켜라. (유령에게) 앞서 가라. 따라가겠다.

호레이쇼 왕자님이 헛것에 홀렸어.

마셀러스 함께 따라가세. 명령이라고 해서 가만히 있을 수는
없지.

호레이쇼 당연히 따라가 봐야지. 일이 어떻게 되려나.

마셀러스 이 나라 덴마크에서 무언가가 썩고 있어.

호레이쇼 하늘에 모든 걸 맡길 수밖에.

마셀러스 글쎄, 왕자님을 따라가세.

(호레이쇼, 마셀러스 퇴장)

5장

(성벽 아래 공터. 성벽 문으로 유령이 나온다. 그 뒤를 따라 햄릿
이 등장한다. 햄릿은 칼을 빼 들고 빈 칼자루를 십자가 모양으로
들고서 걸어온다.)

햄릿 어디로 가는 거요? 말을 하시오. 더는 가지 않으리다.

유령 내 말을 잘 들으라.

햄릿 그럴 것이오.

유령 시간이 거의 다 됐다. 이글거리는 지옥의 고통어 내 몸
을 맡겨야 할 시간이.

햄릿 불쌍한 유령이여.

유령 날 동정할 필요는 없다. 이제부터 내가 하는 이야기나
잘 들어 보거라.

햄릿 말씀하시오. 잘 들을 테니.

유령 내 말을 들으면 복수해야 한다.

햄릿 뭐라고?

유령 나는 네 아비의 혼령이다. 밤이 되면 돌아다니고, 낮에는 지옥에 갇혀 온갖 죄악이 불에 타서 씻길 때까지 참회해야 할 운명이다. 네게 저승의 비밀은 말해 줄 수 없다. 내가 감옥의 비밀을 말하는 것을 금지당하지 않았다면 단 한마디로도 네 영혼은 고통에 시달릴 것이다. 젊은 피는 바짝 얼어붙고, 네 두 눈동자는 별똥처럼 눈에서 튀어나오고, 네 곱슬곱슬한 머리카락도 한 오라기마다 고슴도치의 털처럼 곤두서게 될 것이리라. 하지만 저승의 비밀을 인간의 귀에 들려줄 수는 없다. 햄릿, 들어 봐라. 제발! 들어 보렴! 일찍이 네 아비를 한 번이라도 사랑한 적이 있었다면 말이다.

햄릿 오, 하느님!

유령 그 비겁하기 짝이 없는 살인자에게 복수해 다오.

햄릿 살인이라고?

유령 가장 더러운 살인, 살인이란 아무리 좋게 보아 주려고 해도 더러운 짓이다. 살인은 가장 더럽고 잔인하고 참혹한 죄악이다.

햄릿 어서, 어서 자세히 알려 주시오. 명상처럼, 아니면 사랑의 상념처럼 재빠른 날개를 달고 원수를 갚으러 가겠소.

유령 그럼, 그래야지. 내 말을 듣고서도 일어서지 않는다면 저승에 흐르는 망각의 강변에서 자라나 썩는 잡초보다도 더 미련한 인간이도다. 들어 보아라, 햄릿! 세상은 내가 정원에서 잠을 자다가 독사에게 물려 죽은 것으로 알고 있지. 덴마크의 백성들은 지금 그 거짓으로 날조된 말에 감쪽같이 속고 있다. 사실, 네 아비를 죽인 그 독사는 바로 지금 왕관을 쓰고 있는 그자이니라.

햄릿 그럴 줄 알았다니까! 숙부가!

유령 그래, 음탕하게 근친상간을 저지르는 짐승만도 못한 바로 그놈이다! 그놈은 간교한 요술과 간악한 재주를 부려 가며 부녀자를 농락하고 있다. 그렇게 정숙한 척하던 왕비의 마음을 꾀어 치욕스런 음란의 자리로 이끌고 말았으니. 아, 이 무슨 어이없는 배신이란 말인가. 결혼식 때 맺은 백년가약의 맹세대로 사랑할 것을 다짐해 온 남편에 대한 사랑을 배신하고, 성품이 나와 비교할 것 없이 비열하고 위선적인 자와 정을 통하다니. 진정한 정절은 육체의 욕망이 천사를 가장하고 찾아와도 절대 흔들리지 않는다. 하지만 음탕한 여자는 천사처럼 빛나는 남자와 배필이 되어, 잠자리에서 하늘의 기쁨을 누린다고 하더라도 다른 한편에서는 썩은 고기를 탐내어 쓰레기통을 뒤져 가며 집어 먹는 법이다. 아아, 벌써 새벽바람이 코끝에 불어오고 있도다. 이제부터 간추려서 이야기하마. 나는 그날 오후에 항상 하던 습관대로 왕궁 정원에서 잠이 들었다. 그렇게 마음 놓고 잠자는 틈을 타, 네 숙부가 독약 병을 들고 내게로 기어왔다. 그러고 나서 살을 썩게 하는 액체를 내 귀에다 부어 넣은 것이었다. 사람의 피와는 상극인 이 독약은 수은처럼 빠른 시간 안에 사람의 핏줄을 돌아, 우유 속에 식초가 한 방울 떨어진 것처럼 맑고 깨끗한 피를 순식간에 굳게 만든다. 건강했던 나의 온몸에 징그러운 부스럼들이 문둥이의 것처럼 갑자기 솟아났다. 이렇게 나는 낮잠을 자는 중에 사악한 동생의 손에 생명과 왕관, 왕비를 한꺼번에 도둑질당하고 말았다. 내 죄의 꽃이 만개한 때에 목숨이 꺾여 성찬식도 못하고, 신부의 위안도 받지 못했다. 임종 고해 성사와 죄 사함과 종부 성사도 없이, 그냥 나를 떠나보냈도다. 결국 온갖 죄악으로 몸과 마음이 더러워진 채 지옥의 심판대에 끌려가게 된 것이었다. 아, 끔찍하다, 끔찍해! 너에게 효심이 있거든 이 일을 참지 갈라. 덴마크 왕의 침대가 음탕과 저주받은 근친상간의 잠자리가 되도록 그대로 버려두어서는 안 된다. 하지만 아무리 화가 나더라도 네 어머니에 대해서는 도리에 어긋나게 해칠 생각을 하지 말고, 하느님의 뜻대로 맡겨라. 그녀 마음속의 가시에 스스로 찔리도록 버려두어라. 그럼, 잘 있어라. 반딧불이 희미해지는 것을 보니 날이 새는 모양이다. 잘 있어라. 그리고 이 아비를 부디 기억해 다오.

(유령은 땅속으로 사라지고, 햄릿은 미칠 듯한 심정으로 무릎을 꿇는다.)

햄릿 아, 하늘을 주재하는 태양과 별들이여! 대지여! 또 무엇이 있나? 지옥까지 불러 볼까? 아니, 정신을 바짝 차려야지, 정신을. 이 육체의 근육아, 순식간에 쇠약해지면 안 된다. 나를 잘 버텨 주어야 한다.

(햄릿, 일어선다.)

햄릿 잊지 말라고? 아, 불쌍한 아버지! 이 미칠 것 같은 머릿속에 기억력이 남아 있는 한 내가 당신을 어찌 잊을 수 있을 것인가? 잊지 말라고? 당연하지. 앞으로 내 기억의 페이지에서 다른 하찮은 기억들은 모두 다 지워 버려야겠다. 그동안 책에서 읽은 격언이나, 젊은 시절에 살펴본 형상과 머리에 남아 있던 인상까지도 모두 다 지워 버릴 거야. 이 두뇌의 책과 두루마리 안에 당신의 명령만 간직해 두고, 다른 잡스런 내용들과 뒤섞이지 않게 할 거야. 당연히 그렇고말고. 하늘에 맹세코 그렇게 하겠다. 그래, 그건 그렇고 정말 간악한 여자 아닌가! 아니, 그 악당이야말로……. 얼굴에는 태연하게 미소를 짓고! 그래, 이 수첩에 적어 두어야지. 아무리 미소를 지어도 악당은 악당이다. 적어도 덴마크에서는 그렇다. 숙부여, 그대를 이렇게 적어 두마. 아버지 말씀은 '잘 있어라. 이 아비를 부디 기억하라.'였다.

(햄릿, 무릎을 꿇고 칼자루에 손을 얹은 채 맹세한다.)

햄릿 그래, 이제 맹세했다.

(호레이쇼와 마셀러스, 어둠 속에서 햄릿을 부른다.)

호레이쇼 햄릿 왕자님, 햄릿 왕자님!

마셀러스 햄릿 왕자님!

호레이쇼 하늘이여, 햄릿 왕자님을 보살펴 주소서!

햄릿 (방백) 제발 그러기를.

마셀러스 왕자님, 어디 계십니까?

햄릿 여길세, 나 여기 있어! 이리 오게!

마셀러스 어떠십니까?

호레이쇼 어떻게 됐습니까, 왕자님?

햄릿 참, 엄청난 일이네.

호레이쇼 자세히 말씀해 주세요.

햄릿 아니야, 안 되네. 말이 새어 나갈 테니까.

호레이쇼 전 아닙니다. 그럴 리가 있습니까.

마셀러스 저도 입을 다물 겁니다.

햄릿 무슨 일인 것 같은가? 사람이 감히 그런 일을 상상이나 할 수 있을까? 비밀을 지킬 수 있나?

마셀러스, 호레이쇼 하늘에 맹세하겠습니다.

햄릿 덴마크에 사는 악당 치고 극악무도하지 않은 자가 없네.

호레이쇼 고작 그런 말을 하려고 유령이 무덤에서 나왔단 말인가요?

햄릿 그렇다니까. 더 말할 필요 없이 서로 악수나 하고 헤어지는 게 좋을 것 같아. 자네들도 할 일이 많이 있을 테지. 누구나 각자 볼일과 할 일이 있으니까. 나도 역시 뭔가 할 일이 있으니. 나도 기도하러 가야 할 것 같네

호레이쇼 도대체 무슨 말씀을 하시는 건지 모르겠습니다.

햄릿 기분이 나빴다면 미안하네. 진심으로 미안하네.

호레이쇼 그렇지 않습니다, 왕자님.

햄릿 아니야. 패트릭 성인을 걸고 맹세하는데 그럴 일이 있
네. 정말이야. 이건 희한한 일일세. 아까 그 유령 말일세.
그리 나쁜 악령은 아닌 모양이야. 이건 분명히 해 두지.
자네들은 내가 유령과 무슨 얘기를 했는지 궁금할 거야.
하지만 그것만은 절대로 묻지 말아 주게. 그런데 말이
야. 부탁이 있네. 친구로서, 그리고 학자와 군인으로서
내 청 하나만 들어줄 수 있겠나?

호레이쇼 무엇입니까? 당연히 들어드려야지요.

햄릿 오늘 밤 이 사건을 절대로 발설하지 말아 주게.

마셀러스, 호레이쇼 절대 발설하지 않겠습니다.

햄릿 지금 당장 맹세해 주게.

호레이쇼 맹세코 아무에게도 말하지 않겠습니다.

마셀러스 저도 맹세하겠습니다.

햄릿 이 칼에 대고 맹세해 주게.

마셀러스 맹세는 이미 했는데요.

햄릿 이 칼에다가 다시 한번 맹세하게. 정말로!

  (유령이 무대 아래에서 외친다.)

유령 맹세하라!

햄릿 하하! 이 유령 좀 봐! 그래, 거기 있나? 땅속에서 나는

이 소리를 들었겠지? 어서 맹세하게.

호레이쇼 맹세할 말을 지금 불러 주십시오.

햄릿 오늘 밤 자네들이 보고 들은 이 사건을 절대 다른 곳에 퍼뜨리지 않겠다고 내 칼에 대고 맹세하게.

(두 사람이 칼자루에 손을 대고 맹세한다.)

유령 맹세하라.

햄릿 허, 이 귀신 좀 보게! 이곳저곳에 자리를 잡고 있네. 이제 우리 자리를 옮기세. 둘 다 여기로 와서 내 칼에 손을 대게. 자네들이 들은 얘기를 절대 발설하지 않겠다고 이 칼에 손을 대고 맹세하게.

유령 그 칼에 대고 맹세하라.

(두 사람이 칼자루에 손을 대고 맹세한다.)

햄릿 잘한다, 늙은 두더지! 그렇게 빠르게 땅속을 뚫그 다니다니. 참, 대단한 광부로군! 자, 한 번 더 움직이세, 착한 친구들!

호레이쇼 괴이한 일이군요.

햄릿 그러게 말이야. 낯선 손님처럼 환영해 주세. 이 세상에는 우리가 생각하는 것 이상의 것들이 허다하기 많다네. 그건 그렇고, 좀 전에처럼 다시 맹세하게. 신의 보호를 받으려면 그래야 할 걸세. 내가 앞으로 무척 괴상한 행동을 할지도 모르네. 그럴 때, 내 행동이 아무리 괴상하고 기이하더라도 자네들은 아는 척을 하지 말아 주게. 팔짱을 끼거나 머리를 흔들면서 뭔가 애매한 단어들, 즉 '우리는 조금은 알지.', 혹은 '설명을 못할 것도 없지만.', 혹은 '입 밖에 내고 싶지 않지만.' 혹은 '마음만 먹으면 내 알려 주지.' 같은 식으로 뭔가 아는 척을 하지 말아 달라는 얘기일세. 자, 하늘에 두고 당장 맹세하게!

유령 맹세하라!

햄릿 혼령아, 이제 아무 걱정 하지 말고 쉬어라. 그럼 잘 부탁하네. 비록 나는 무능력하지만, 하느님의 은혜로 자네들의 그 소중한 우정에 보답할 날이 있을 걸세. 자, 이제 들어가시게나. 다시 당부하지만 항상 발설 금지! 잊지 말게나! (혼잣말처럼) 이 세상은 지금 완전히 엉망진창이다. 이 무슨 저주받은 운명이란 말인가! 하필 내가 그걸 바로잡아야 할 운명을 지고 태어났다니! (두 사람에게) 자, 이제 들어가시게나.

(모두 퇴장)

2막

The Tragedy of
Hamlet,
Prince of Denmark

1장

(폴로니어스 저택의 어느 방. 폴로니어스와 하인 레이날도가 등
장한다.)

폴로니어스 레이날도, 이 편지와 돈을 레어티즈에게 전해 다오.
레이날도 예, 주인님.
폴로니어스 레이날도, 머리를 잘 써야 할 거야. 레어티즈를
　　만나기 전에 그가 요즘 어떻게 지내는지 미리 즈사해 보
　　렴.
레이날도 예, 그렇게 할 생각이었습니다.
폴로니어스 그래, 잘 생각했어. 먼저 조사할 것은 파리에 어
　　떤 덴마크 사람들이 와 있는지, 또 어떤 인물들이 어떻
　　게 생활하고 있으며 어떤 사람들과 사귀고 있는지, 또

그들은 얼마의 돈을 어디에다가 주로 쓰는지 하는 것들이란다. 이렇게 질문을 빙빙 돌려 가며 던져 봐. 상대가 레어티즈를 안다고 하면, 그때 단도직입적으로 질문을 던져야겠지. 그러면 너도 레어티즈를 아는 눈치를 살짝 보이면 좋겠어. 예를 들어, '저도 그분 아버지를 알고 있지요. 그분 친구들과도 조금 친분이 있고요. 그리고 그분과도 조금 알고 있어요.' 하는 식으로 말이다. 무슨 말인지 알아들었느냐, 레이날도?

레이날도 예, 잘 알아들었습니다.

폴로니어스 말을 이렇게 이어 가라. '그분과도 안면은 있지만, 잘은 모릅니다. 그런데 그분이 제가 아는 분이 맞다면, 엄청난 바람둥이라 할 수 있습니다.' 이런 식으로 아무렇게나 그의 행동에 대해 꾸며 대란 말이야. 다만, 그 애의 체면을 지나치게 해칠 말은 조금은 삼가렴. 그것만큼은 가슴에 새겨 두렴. 객지에서 홀로 생활하는 젊은이에게 흔히 나타나는 방탕하거나 난잡한 행동을 알아보게.

레이날도 도박 같은 것 말씀이신가요?

폴로니어스 그래, 음주나 펜싱, 욕설, 싸움, 여자 문제 같은 것들…… . 이 정도면 괜찮아.

레이날도 여자 문제 같은 경우는 도련님께 누가 되는 것 같
은데요.

폴로니어스 아냐, 그건 상관없어. 말을 어떻게 붙이느냐에 따
라 달라지니까 말이야. 하지만 그것보다 더 심한 말을
붙여서 난봉꾼 정도로 알려져서는 곤란하다. 그건 내 의
도와 다르지. 암튼 그의 험담은 좀 하더라도 교묘히 할
필요가 있지. 집에서 멀리 떨어져 혼자 지내는 청년이
왕성한 혈기 때문에 좀 지나친 행동을 했다. 하지 만 누
구나 젊을 때 하는 실수 이상은 아니다. 이런 식으로 전
달하라는 거지.

레이날도 하지만 그렇게까지 하는 까닭은……

폴로니어스 무슨 이유로 그렇게 하는지 궁금증이 생기겠지.
그렇지?

레이날도 예, 의중을 알고 싶습니다.

폴로니어스 사실 나의 본마음은 이런 거야. 내 생각언 좋은
작전이지. 내 아들을 헐뜯는 거야. 어쩌다 잘못 묻이 나
온 것처럼 해서 말이지. 네 얘기를 들은 상대방이 내 아
들의 나쁜 짓을 본 적이 있다면, 그 말에 적당히 닺장구
를 치겠지. 그 나라 풍습과 신분에 따라 '친구' 혹은 '당
신', '어르신' 하며 말이야.

레이날도 물론 그럴 테지요.

폴로니어스 그러면 말이야……. 그 사람은 말이지……. 내가 어디까지 말했더라? 내가 분명히 뭔가 말하려 했는데?

레이날도 '맞장구를 치겠지.'까지 말씀하셨습니다.

폴로니어스 그래, 그렇지! 이런 식으로 적당히 맞장구를 칠 거란 말이야. '나도 그 사람을 좀 알아요. 어제도 만났지요.' 하고 말이야. 혹은 '이런저런 때에, 이런저런 사람과 함께 있더군요.'라고 하겠지. '술에 잔뜩 취해 있더군요. 테니스를 치다가 누군가와 말싸움을 하더군요.'라는 말도 나올 수 있고. 어쩌면 '그가 매음을 하는 집에 들어가는 걸 본 적이 있습니다.'라는 말도 전해 들을 수 있지. 이처럼 거짓 미끼를 던지면 예상 밖으로 대어를 낚을 수도 있단 말이야. 내 말은 곧 이렇게 지혜와 폭넓은 이해력을 갖춘 사람들은 우회적인 방법을 통해 진실을 알아내는 법이라고. 이렇게 하면 내 아들이 파리에서 어떻게 지내는지 알아낼 수 있단 말이지. 어때? 내 말이 무슨 뜻인지 잘 알아들었지?

레이날도 예, 잘 알아들었습니다.

폴로니어스 그럼, 잘 다녀오너라.

레이날도 안녕히 계십시오.

폴로니어스 내 아들의 동향을 살피는 것을 잊지 말기 바란다.

레이날도 예, 걱정하지 마십시오.

폴로니어스 자기 입으로 스스로 털어놓게 하라고.

레이날도 예, 알겠습니다.

폴로니어스 그럼, 잘 다녀오너라.

(레이날도가 나간다. 오필리어가 허겁지겁 달려서 들어온다.)

폴로니어스 오필리어! 무슨 일이 있느냐?

오필리어 아, 아버지. 큰일 났어요!

폴로니어스 무슨 일인데 그러느냐?

오필리어 아버지, 제가 방에서 바느질하고 있는데, 갑자기 햄릿 왕자님이 제 눈앞에 떡하니 나타나셨어요. 윗도리 단추를 풀어 헤치고, 모자도 쓰지 않은 상태였어요. 버선은 대님이 풀어져서 발목까지 다 흘러내려 버렸지요. 안색은 하얀 셔츠처럼 창백했어요. 두 무릎은 오들오들 떨고 있었고요. 무서운 소식을 전하기 위해 지옥에서 방금 풀려난 사람처럼 제 앞에 나타났습니다. 차마 눈 뜨고 볼 수 없는 비참한 모습이었지요.

폴로니어스 너에 대한 사랑 때문에 미쳐 버린 것 아닐까?

오필리어 잘 모르겠어요. 아마 그런 것 같기도 해요.

폴로니어스 무슨 얘기를 하더냐?

오필리어 제 팔을 잡더니 팔 길이만큼 뒤로 물러섰어요. 다른 손을 이마에 댄 채 저를 빤히 쳐다보았습니다. 마치 저의 초상화를 그리려는 것처럼 말이에요. 한참 그렇게 하더니 이번엔 제 팔을 약간 흔들고, 자기 머리를 위아래로 세 번이나 끄덕이더니 한숨을 내쉬는 거예요. 그분의 육신이 산산이 조각나고, 숨이 끊어진 건 아닐까 의심스러울 정도였어요. 그러고 나서야 제 손목을 놓아 주는 거예요. 그리고 저를 어깨너머로 보면서 현관문 쪽으로 걸어 나가셨어요. 보지 않아도 잘 보인다는 듯, 끝까지 제 얼굴을 뚫어지게 응시하면서 말이에요.

폴로니어스 자, 나와 함께 가자. 전하께 이 사실을 알려야겠다. 이게 바로 상사병 증상이 아니고 무엇이겠냐? 이 증상이 심해지면 스스로 몸을 파괴하고, 결국 제정신을 잃어버리는 법이란다. 그러고 나면 나중에 무슨 엄청난 일을 저지를지 알 수 없단다. 우리 인간의 심성을 못 쓰게 하는 온갖 열정이 모두 다 그러하지만, 사랑이야말로 그 가운데서도 가장 심한 것이지. 불쌍하기 짝이 없구나. 최근에 그분께 섭섭한 말이라도 한 거냐?

오필리어 아니에요. 그런 적 없어요. 다만 아버지의 분부대로 그분에게 편지를 돌려드리고, 다시는 저를 찾아오지 말라고 말씀드렸을 뿐입니다.

폴로니어스 아, 그래서 실성하셨구나. 조금 더 주의해서 지켜볼 걸 그랬다. 그분이 잠깐의 열정으로 널 희롱하려 드는 줄 생각했는데. 이런 결과가 나타나니 내가 너무 의심이 지나쳤던 건 아닌지 걱정이로구나. 우리 같은 늙은이들은 원래 이렇게 노파심이 많아 탈이란 말이야. 그러고 보면, 요즘 젊은이들이 지각이 없다고 탓할 것만도 아니야. 그래, 전하를 어서 만나러 가자꾸나. 이런 사실을 알려야 한다. 사실대로 아뢰면 진노하실지 모르지만, 이 사실을 감추면 나중에 더 큰 화가 닥칠지 모를 일이니까. 서두르자.

(모두 퇴장)

2장

(나팔 소리. 입구 양쪽에는 휘장이 내려져 있다. 클로디어스와 거트루드, 로젠크란츠와 길던스턴이 등장한다.)

클로디어스 어서 오라! 로젠크란츠와 길던스턴! 전부터 너희를 보고 싶었다. 하지만 이렇게 급히 부른 것은 너희가 수고해야 할 일이 있어서야. 너희도 무언가 얘기를 들었겠지. 햄릿 왕자가 완전히 다른 사람이 되고 말았다. 겉모습으로나 정신으로나 예전과는 완전히 딴판이다. 도대체 어쩌다 그렇게 된 건지……. 그렇게 정신이 이상해진 건 선친의 죽음 때문이겠지. 짐은 다른 이유를 짐작조차 할 수 없구나. 그래서 말인데 너희에게 부탁할 게 있다. 너희는 아주 어려서부터 햄릿과 함께 자랐으니 그의 기질을 잘 알 것으로 생각한다. 그러니 이 궁에 머물면서 햄릿과 벗이 되어 다오. 그를 즐겁게 해 주고, 내게도 그 결과를 알려 다오. 어쩌면 우리가 모르는 다른 고민이 있을지 모르지. 만일 그 원인을 알아낸다면 치료할 방법이 생길 수도 있지 않느냐.

거트루드 햄릿이 두 친구 이야기를 많이 했소. 세상 누구보다 두 사람을 그리워하고 있을 거요. 괜찮다면 이곳에서 함께 지내면서 힘이 되어 주시오. 친구의 도리와 선의로 이곳에 머물며 우리의 부탁을 들어주시오. 두 사람이 햄릿에게 힘이 된다면, 전하께서 상응하는 보상을 하실 거요.

로젠크란츠 저희는 전하의 뜻을 당연히 받들어야 합니다. 이리 간청하시니 황송하기 그지없습니다.

길던스턴 저희 둘 다 분부하신 대로 충성을 다하겠습니다.

클로디어스 고마운 이야기다. 로젠크란츠와 길던스턴. 정말로 고맙다.

거트루드 고맙소. 로젠크란츠와 길던스턴! 두 사람 모두 많이 변해 버린 햄릿을 다시 찾아 주시오. 밖에 누가 있다면, 이 두 사람을 햄릿이 있는 곳으로 모셔 가거라.

길던스턴 여기에 머물러 충성하는 것이 햄릿 왕자님께 위로와 도움이 되길 바랄 뿐입니다.

거트루드 그러길 빌겠네!

(로젠크란츠와 길던스턴이 시종과 함께 나간다. 폴로니어스가 나온다.)

폴로니어스 노르웨이로 파견된 사신 일행이 좋은 소식을 들고 돌아왔습니다.

클로디어스 경은 항상 기쁜 소식을 가져오는구려.

폴로니어스 그랬습니까, 전하? 그야 소신의 당연한 의무입니다. 저는 제 영혼을 보호하듯이 하느님과 자비로운 왕실에 충성을 다합니다. 소신이 새로 알아낸 사실이 하나 있습니다. 혹시 제 짐작이 틀렸다면 그것은 소신의 머리가 늙어서 전처럼 정사를 잘 처리하지 못하는 까닭일 것입니다. 하지만 드디어 오늘 햄릿 왕자님이 미치게 된 내막을 제대로 알아낸 것만 같사옵니다. 제 판단이 틀렸다면, 제 머리가 과거와는 같지 않아 정국을 돌보기 어렵다는 이야기가 됩니다.

클로디어스 당장 말해 보시오. 짐은 그걸 듣고 싶노라.

폴로니어스 우선 사신들을 접견해 보시는 게 어떨까 하옵니다. 소신의 정보는 거창한 잔치의 후식 과일로 드리겠습니다.

클로디어스 그렇다면 경이 가서 사신들을 맞아들이시오.

(폴로니어스 퇴장)

클로디어스 사랑하는 거트루드. 폴로니어스가 말하길, 햄릿이 실성한 원인을 찾아냈다는군.

거트루드 글쎄요. 주된 문제는 결국 선친의 죽음과 우리의 갑작스러운 결혼 아니겠어요? 그것 말고 다른 무슨 원인이 있겠어요?

클로디어스 어쨌든 들어 봅시다.

(폴로니어스, 볼티먼드, 코닐리어스 등장)

클로디어스 경들의 귀국을 환영하오. 볼티먼드, 노르웨이 왕의 회답은 받아 왔는가?

볼티먼드 (두 사람에게 정중하게 인사한다.) 전하의 친서에 대해 매우 정중한 답변을 보내 주셨습니다. 먼저 소신들이 첫 번째 제안을 꺼내자마자 왕께서는 조카의 징집 군대를 해산하기 위해 신하를 파견했습니다. 왕께서는 그 군대가 폴란드 원정을 위한 준비라고 알고 있었다고 합니다. 자세히 알아본 결과 그 군대가 왕을 겨냥한 것임이 드러났습니다. 왕께서는 자신이 늙고 병이 들어 기만당했다는 사실에 슬퍼하셨습니다. 그는 포틴브라스를 잡아 오라고 하셨습니다. 포틴브라스는 명령에 즉각 복종하고, 징집을 중지했습니다. 또 앞으로 두 번 다시 덴마크 왕가에 대해 군사적 도전을 하지 않기로 숙부인 노르웨이 왕 앞에서 굳게 맹세했습니다. 국왕은 만족해 연봉 3,000크라운에 해당하는 토지를 포틴브라스에게 하사했습니다. 또 모집한 군사들을 폴란드 원정에 써도 좋다는 허락을 내리셨습니다. 이것과 함께 노르웨이 국왕께서 한 가지 부탁의 말씀을 전하셨습니다. 자세한 내용은 이 국서에 쓰여 있습니다.

(서류를 왕에게 바친다.)

볼티먼드 노르웨이 왕께서는 폴란드 침략을 위한 군대가 덴마크 영토를 무사히 지나갈 수 있도록 안전 통행을 요청했습니다. 그쪽의 행동 규율, 기타 조건 등에 대해서는 이 국서에 자세하게 쓰여 있습니다.

클로디어스 잘됐소. 국서는 나중에 좀 더 자세히 검토하겠소. 신중히 고려한 뒤 회답하겠소. 경들의 활약을 높이 치하하는 바이오. 인제 그만 돌아가서 여독을 푸시오. 오늘 저녁에는 축하 잔치를 열어야겠소. 경들의 귀국을 진심으로 환영하오!

(볼티먼드, 코닐리어스 퇴장)

폴로니어스 이번 일은 잘 마무리됐습니다. 그런데 전하, 그리고 왕비 마마. 자고로 국왕의 주권은 어떠해야 하는지, 신하의 본분은 무엇인지, 어째서 밤은 밤이고 낮은 낮이어야 하는지……. 시간은 왜 있는 것인지, 이런 것들을 따지는 것은 밤과 낮과 시간을 아깝게 낭비하는 일입니다. 간략함은 지혜의 본질이요, 장황함은 팔다리와 포장에 불과합니다. 그래서 소신도 간결하게 아뢰겠습니다. 다름이 아니라, 햄릿 왕자께서는 지금 정신이 온전치 않습니다. 그렇습니다. 정신이 온전치 않은 원인을 밝히고자 하는데, 결국 실성했다는 사실 말고는 달리 갈할 방법이 없습니다. 그건 그렇다 치고…….

거트루드 핵심만 짚어 얘기하시오. 수다는 그만 떨고.

폴로니어스 왕비 마마, 어찌 어전에서 수다를 떨겠습니까? 왕자님이 실성한 것! 그것은 사실입니다. 그것이 사실이란 것은 매우 유감이며, 유감스러운 것 또한 사실입니다. 어리석은 수사는 인제 그만두겠습니다. 쓸데없는 수다를 떨 생각은 전혀 없습니다. 그런데 왕자님의 실성이야 그렇다 치더라도 이제 남은 문제는 이러한 결과의 원인, 아니 결함의 원인을 찾는 일이라고 생각합니다. 이런 결함에는 반드시 이유가 있을 수밖에 없습니다. 이것이 남은 과제지요. 그런데 남은 과제란 바로 이런 것입니다. 잘 생각해 보소서. 소신에게는 딸이 하나 있사옵니다. 출가하기 전까지는 저의 딸이 분명하지요. 이 아이의 효심이 지극합니다. 여기 보십시오. 이런 편지를 아비에게 전해 주었습니다. 잘 들으시고 헤아려 보십시오.

(폴로니어스, 편지를 읽는다.)

폴로니어스 '천사와 같은 내 영혼의 우상, 더없이 미화된 아름다운 오필리어여…….' 형편없는 표현이군요. 유치하기 짝이 없습니다. '미화된'이라니……. 문맥에 맞지 않는 표현이지요. 그다음을 들어 보시옵소서. 이렇답니다. '이 사연을 당신의 순결한 가슴속에…….'

거트루드 햄릿이 오필리어에게 이 편지를 보냈다고요?

폴로니어스 마마, 조금만 기다려 주십시오. 다 읽겠습니다.

'밤하늘의 별들이 불타오르는 걸 의심할망정
하늘에 태양이 움직이는 걸 의심할망정
진실을 두고 거짓이라 의심할망정
내가 당신을 사랑하는 것만은 의심하지 마오.
오, 사랑하는 오필리어. 나는 이런 시에 서투르다오.
무거운 사모의 정을 운율에 맞춰 담아낼 재주가 없소.
하지만 그대를 사랑하는 마음

형언할 수 없이 사랑하는 마음

그 마음만은 믿어 주오. 그럼 이만

아리따운 여인이여, 목숨처럼 사랑할 그대여,

이 육체가 살아 있는 한 나는 그대의 것이라오. 햄릿으
로부터.'

제 딸이 이 편지를 순순히 내놓았습니다. 그뿐만 아니라
햄릿 왕자님께서 어느 때, 어디에서, 어떤 방법으로 구애
의 말을 속삭였는지 저에게 모두 들려주었습니다.

클로디어스 오필리어는 햄릿의 사랑을 어찌 대했는가?

폴로니어스 전하는 소신을 어떻게 생각하십니까?

클로디어스 그대는 명예를 중하게 여기는 충신이오.

폴로니어스 소신도 그러하기를 갈망합니다. 전하께서는 어
떻게 생각하시는지요? 소신은 이처럼 뜨거운 사랑의 날
개가 펼쳐져 있는 걸 보았을 때, 그것을 감히 아뢰지 않
을 수 없었습니다. 그런데 소신은 제 딸이 제게 말하기
전부터 눈치채고 있었습니다. 이 점을 아뢰어야 하겠습
니다만……. 전하와 왕비 마마, 만약 소신이 그 사실을
모른 척하고 침묵에 빠졌다면 소신을 어떻게 생각하셨
을까요. 마음의 눈을 질끈 감아 버리는 행동을 했다면
말입니다. 소신은 그렇게 할 수 없었습니다. 딸을 매섭

게 타일렀습니다. '햄릿 전하는 왕자의 신분이고, 너에
겐 하늘의 별과 같으신 분이다. 이 사랑은 허락할 수 없
다.' 딸에게 집에 틀어박혀 있으라고 훈계했습니다. 또
앞으로 햄릿 왕자님이 다니시는 곳을 피하고, 심부름 온
사람도 들이지 말고, 선물도 거절하라고 훈계했습니다.
제 딸은 제 훈계를 그대로 실행했습니다. 하지만 이렇게
거절을 당한 왕자님은 슬픔에 빠져 식음을 전폐하고, 불
면증에 시달리다가 허약해졌습니다. 나중에는 정신이
혼미해져 실성한 지경에 이르게 됐습니다. 그 모습이 계
속되니 우리 모두 이렇게 슬퍼하는 겁니다.

클로디어스 왕비는 이를 어떻게 생각하시오?

거트루드 그럴 수 있는 일입니다.

폴로니어스 소신이 '이건 이렇습니다.' 하고 아뢰었을 때
그렇지 않았던 적이 지금까지 단 한 번이라도 있었습
니까?

클로디어스 그런 일은 없었던 것 같네.

폴로니어스 소신의 말이 사실과 다르다면 (자신의 머리와 어깨
를 가리키며) 이것을 잘라 버려도 좋습니다. 실마리만 얻
는다면 저는 이 사건의 진상을 자세히 알아낼 수 있을
것입니다. 그것이 지구 한가운데에 숨겨져 있다 해도 말

입니다.

(햄릿이 뒤쪽 문에서 복도로 들어선다. 방 안에서 말소리가 들려오자 잠깐 멈춰 섰다가 커튼 뒤로 몸을 숨긴다.)

클로디어스 더 자세히 알아볼 방법은 없겠소?

폴로니어스 전하께서 아시다시피 햄릿 왕자님은 여기 복도를 몇 시간 서성거리시곤 합니다.

거트루드 정말 그렇지요.

폴로니어스 그 시간에 소신의 딸을 그곳에 내놓겠습니다. 전하와 소신은 커튼 뒤에 숨어 두 사람의 만남을 지켜보는 겁니다. 만약 햄릿 왕자님이 소신의 딸을 사랑하는 게 아니라면, 그로 말미암아 왕자님이 실성한 게 아니라면, 소신은 국가 자문을 당장 그만두고, 시골에 가서 농사나 지을 것입니다.

클로디어스 한번 시험해 봅시다.

(햄릿 왕자가 책을 읽으며 걸어 나온다.)

거트루드 저기 햄릿이 오네요. 저 불쌍한 녀석이 슬픈 표정으로 무언가를 읽으며 오는군요.

폴로니어스 두 분은 자리를 피해 주시기 바랍니다. 지금 왕자님을 시험해 보겠습니다.

(왕과 왕비가 허둥지둥 자리를 뜬다.)

폴로니어스 햄릿 왕자님, 문안드리옵니다.

햄릿 안녕하시오?

폴로니어스 왕자님, 소신을 알아보십니까?

햄릿 내가 모를 리가 있나. 생선 장수 아닌가?

폴로니어스 당치도 않은 말씀을…….

햄릿 그래? 그게 아니라면 생선 장수만큼이라도 정직한 인
간이 되어 보게.

폴로니어스 정직한 인간이라니요?

햄릿 그렇지. 요즘 세상에 정직한 사람이 하나라도 있을까?

폴로니어스 맞는 말씀입니다.

햄릿 태양이 따스하게 비추면 죽은 개의 사체에 구더기가 끓
는다던데. 그러면 썩은 고깃덩어리가 입을 맞추기에 안
성맞춤이란 말 아닌가. 그런데 당신에게 딸이 있었나?

폴로니어스 예! 있사옵니다, 왕자님.

햄릿 딸이 태양 빛을 지나치게 많이 받지 않게 하시오. 지혜
가 차오르는 건 축복이지만 배가 차오르면 큰일이 나지
않겠나. 그러니 조심하게나, 친구.

폴로니어스 (방백) 도대체 무슨 말이야? 암튼 여전히 내 딸 타
령이로군. 하지만 처음엔 날 전혀 알아보지 못하고 생
선 장수라고 하지 않았는가? 완전히 정신이 나갔구먼.

나도 젊은 시절에는 상사병을 앓기도 했지. 저만큼 말이지. 다시 한번 말을 걸어 볼까? 햄릿 왕자님, 지금 뭘 읽고 계시는 겁니까?

햄릿 말, 말, 말들…….

폴로니어스 무슨 내용이냐는 말씀입니다.

햄릿 누구와 누구의 이야기냐고?

폴로니어스 그게 아니라, 지금 왕자님께서 읽으시는 책의 내용 말입니다.

햄릿 (폴로니어스에게 대들 듯한 자세를 취한다. 이에 폴로니어스는 물러선다.) 욕을 하는 거지. 여기 풍자를 좋아하는 친구가 이렇게 썼지. '늙은이들은 수염이 잿빛이고, 얼글은 주름투성이고, 눈에는 두꺼운 송진 같은 눈곱이 끼고, 노망이 들어 정신이 오락가락하고, 무릎을 후들후들 떨어 댄다.' 다 지당하신 말씀이렷다. 하지만 이렇게 글로 써 놓으면 실례가 되지. 당신도 나만큼 나이를 먹을 것 아닌가. 만약 게처럼 뒤로 걸을 수만 있다면 말이야.

폴로니어스 (방백) 확실히 돌기는 돌았어. 그런데 말 간에는 약간의 일리가 있군. (큰 소리로) 왕자님, 바깥 공기는 해로우니 안쪽으로 드시지요.

햄릿 내 무덤 안?

폴로니어스 (방백) 물론 이 세상 공기를 완전히 피하기 위해
서는 그곳밖에는 없군. 말 속에 뼈가 들어 있어! 가끔 이
런 미치광이가 하는 말이 기막힐 정도로 적절할 경우가
있단 말이야. 정신이 제대로인 인간도 어림없는 그런 기
막힌 말을 한단 말이지. 그건 그렇고, 내 딸과 만나게 할
방법이나 궁리해 보자. (햄릿을 보며) 왕자님, 소신은 그
만 물러가겠습니다.

햄릿 제발 그렇게 해 주게. 내가 바라는 바야. 내가 허락할 것
은 그것뿐이야. 이 목숨만 빼고, 이 목숨 말이야!

폴로니어스 이만 물러갑니다, 왕자님. (큰절한다.)

햄릿 지겨운 멍텅구리 너구리 같으니!

　　(로젠크란츠, 길던스턴 등장)

폴로니어스 햄릿 왕자님을 찾고 있나? 저기 계시네.

로젠크란츠 예, 감사합니다. 안녕히 가십시오!

　　(폴로니어스 퇴장)

길던스턴 햄릿 왕자님, 문안드립니다.

로젠크란츠 너무나 뵙고 싶었습니다, 왕자님!

햄릿 정말 반가운 친구들이군! 요즘 어떻게 지내나, 길던스
턴. (책을 덮는다.) 아, 로젠크란츠도 왔군! 잘 왔어. 별일
없었지?

로젠크란츠 그냥저냥 지냈습니다.

길던스턴 너무 잘 지내는 것도 탈이겠지요. 저희는 행운의 여신의 모자 위와는 인연이 멀지요.

햄릿 하지만 행운의 여신의 발바닥 아래도 아니겠지?

로젠크란츠 예, 맞습니다.

햄릿 그러면 행운의 여신의 허리쯤인가, 아니면 그 소중한 곳 가운데쯤인가?

길던스턴 행운의 여신의 은밀한 부위라고 할 수 있겠습니다.

햄릿 뭐라고? 그 여신의 골짜기라고? 맞아, 그럴 거야. 그 여신은 진짜 음탕해. 그래, 무슨 새로운 소식이라도 있는가?

로젠크란츠 별로 없습니다. 세상이 조금 정직해졌다는 것 외에는.

햄릿 말세가 가까워졌다는 징조로군. 하지만 자네 말을 믿기 어렵군. 어디 한번 따져 보세. 도대체 자네들은 무슨 까닭으로 행운의 여신의 품에서 나와 이런 곳에서 감옥살이하게 됐는가?

길던스턴 감옥살이요?

햄릿 덴마크는 그 자체로 감옥이지.

로젠크란츠 그렇다면 이 세계 전체가 모두 감옥이겠지요.

햄릿 매우 넓은 감옥이지. 그 안에 독방도 있고, 격리실도 있고, 지하 감방도 있지. 하지만 덴마크만큼 지독한 감옥은 이 세상 어디에도 없을 걸세.

로젠크란츠 그럴 리가 있겠습니까, 왕자님.

햄릿 자네들에겐 그렇지 않다고? 물론 좋고 나쁜 게 따로 있는 건 아닐 테니. 생각하기 나름이지. 하지만 나 햄릿에게는 덴마크가 진정으로 감옥이라네.

로젠크란츠 그야 왕자님께서 큰 꿈을 품고 있기 때문이겠지요. 그런 분께는 이 나라가 좁게 여겨질 겁니다.

햄릿 잠꼬대 같은 소리! 나는 호두 껍데기 속에 갇혀 있어도 자신을 우주의 왕이라고 생각하는 사람이네! 고약한 꿈만 꾸지 않는다면.

길던스턴 그 꿈이 바로 왕자님의 야망 아닙니까? 야망의 실체는 꿈의 그림자이니까요.

햄릿 아니, 꿈이야말로 바로 그림자에 불과하네.

로젠크란츠 그렇습니다. 야망이란 공기처럼 실체가 없지요! 그건 그림자의 그림자에 지나지 않을 것입니다.

햄릿 그렇다면 야망이 없는 거지야말로 실체요, 야망 있는 제왕들이나 거들먹거리는 영웅들은 그야말로 거지의 그림자에 불과한 셈이지. 그건 그렇고, 우리 이제 어전으로 가세. 사실 이 문제는 내 머리로 따질 수 없으니까.

로젠크란츠, 길던스턴 저희가 모시겠습니다.

햄릿 아니야, 천만에! 자네들을 다른 하인과 같이 취급할 수야 없지. 솔직히 말해서, 난 요즘 나를 따르는 하인들이 너무 지긋지긋하다네. 그건 그렇고, 자네들을 믿그 묻네만, 제발 속 시원히 대답해 주게나. 자네들은 엘시노어에 왜 돌아왔는가?

로젠크란츠 햄릿 왕자님을 알현하기 위해 온 겁니다. 다른 용건은 없습니다.

햄릿 난 지금 거지꼴이네. 고마운 마음마저 바닥이 났네. 아무튼 고맙네. 내가 고맙다고 해도 자네들에겐 반 푼어치 값어치도 없겠지만. 그런데 누가 자네들을 불러서 온 게 아닌가? 아니면 자진해서 온 것인가? 자유로운 방문인가? 자, 솔직히 말해 보게. 툭 털어놓고 말해 보라고.

길던스턴 뭐라고 말씀드려야 할지…….

햄릿 무슨 얘기를 하든……. 굳이 이리저리 둘러댈 필요는 없네. 자네들은 부름을 받고 온 게 분명해. 얼굴에 쓰여 있는 걸. 그런 걸 감출 만큼 교활한 사람들이 아니니까. 난 잘 알고 있네. 왕과 왕비의 부름을 받았지?

로젠크란츠 무슨 목적으로 그렇게 하겠습니까?

햄릿 내가 그걸 묻는 게 아닌가. 말해 주게, 부탁일세. 우리는 친구 아닌가. 사이좋게 함께 성장해 온 친구 아닌가. 우정을 맹세한 그런 사이. 언변이 좋은 자라면 무슨 말이라도 할 수 있으련만. 숨김없이 내게 말해 주게. 불러서 왔는지 아닌지 말이야.

로젠크란츠 (길던스턴에게) 어떻게 하면 좋을까?

햄릿 누가 속을 것 같아? 어림없어! 내가 이렇게 지켜보고 있는걸. (큰 소리로) 아니, 우린 친구인데 왜 이렇게 쉬쉬하는 건가?

길던스턴 왕자님, 실은 부름을 받고 왔습니다.

햄릿 그 이유는 내가 설명해 주지. 내가 먼저 말해야 자네들이 왕과 왕비의 비밀을 발설했다는 누명을 쓰지 않을 테니. 요즘 우울증에 걸렸다네. 모든 일에 흥미를 잃어버렸어. 항상 해 오던 운동도 하지 않고 있어. 이렇게 울적하다 보니 아름답고 웅장한 대지도 황량한 것처럼 느껴져. 멋진 공기, 웅장한 하늘, 저것 보게! 우리 머리 위에 펼쳐진 저 장엄한 지붕, 금빛으로 빛나는 별들이 새겨진 저 하늘 말이야. 하지만 모든 것들이 내게는 더러운 독기가 서린 골방처럼 보인다네. 무엇보다도 이 인간들, 원래 인간은 이 우주의 엄청난 걸작 아니겠는가. 이성은

얼마나 고귀하며, 그 능력은 얼마나 경탄할 만한가. 그
아름다운 생김새와 뛰어난 움직임은 형언할 수 없이 훌
륭하지 않은가. 그 지혜는 천사처럼 아름답고 마치 신과
닮은 꼴이지. 물질세계의 정수요, 세상의 꽃이며 만물
의 영장이라 할 수 있지. 하지만 내겐 인간이란 그냥 먼
지로밖에 보이지 않네. 인간의 형상이 역겹기 그지없다
네. 아니, 여자도 마찬가지라고. 자네들의 미소를 보니,
자네들은 그렇지 않은가 보군.

로젠크란츠 왕자님, 그런 생각은 하지 않았습니다.

햄릿 그럼, 왜 그렇게 웃는 건가? 내가 '인간의 형상이 역겹
다.'고 말할 때 말이야.

로젠크란츠 왕자님, 인간이 그리도 역겹다면 왕자님에게 배
우들이 어떤 대접을 받을지 뻔하다는 생각이 들어서 웃
었습니다. 사실 이곳으로 오는 길에 배우 일행을 만났습
니다. 저희가 그들을 앞질러 오긴 했습니다만. 그 배우
들은 햄릿 왕자님께 연극을 보여 드리려고 여기도 오고
있다더군요.

햄릿 대환영이지. 왕 역을 하는 배우는 특별히 환영하는 바
네. 그에게 공물을 내리겠어. 용감한 기사 역을 하는 배
우는 칼과 방패를 마음껏 쓰게 할 것이야. 연인 역을 하

는 배우가 헛되이 탄식하지 않게 하겠네. 누군가를 풍자하는 역할을 맡은 배우는 방해하지 않겠어. 그가 끝까지 이야기하도록 내버려 두겠어. 광대는 웃기 좋아하는 사람들이 허파가 터질 정도로 웃음을 선사할 거야. 귀부인 역은 자기 속내를 마음대로 내뱉게 해야겠지. 그렇지 않으면, 연극 대사가 이어지지 못하고, 흐름이 끊어질 테니까. 그런데 그 배우들은 어떤 친구들인가?

로젠크란츠 예전에 왕자님께서 좋아하던 '도시의 비극' 단원들이지요.

햄릿 어떻게 지방 순회공연을 왔을까? 도시에 있는 편이 명성이나 수입 면에서 더 나을 텐데.

로젠크란츠 도시에서 연극을 금지하는 규정이 새로 생겼나 봅니다. 최근 발생한 사건 때문인가 봐요.

햄릿 그들은 내가 거기에 머무르던 때와 마찬가지로 여전히 인기가 많은가? 그땐 사람들이 야단법석을 피우며 따라붙었는데.

로젠크란츠 아닙니다. 예전 같지 않습니다.

햄릿 왜 그렇지? 벌써 재능이 낡아 버렸나?

로젠크란츠 그런 것 같지는 않습니다. 열심히 하고는 있지요. 하지만 요즘 '소년 극단'이 생겨났어요. 이들이 매 새끼처럼 고음을 내지르며 박수갈채를 받는다지 뭡니까. 요즘은 그런 게 유행이랍니다. 예전의 연극은 통속극이라며 혹평을 받곤 하지요. 칼을 찬 신사들도 비평가들의 악담이 두려워 극장에 발을 들여놓지 못한다고 합니다.

햄릿 무엇이라고? '소년 극단'이라고? 그런 극단은 누가 운영하는 건가? 자금은 어떻게 얻지? 소년들은 변성기가 오기 전까지만 배우를 하는 건가? 그 애들도 다 성장하고 나면 보통 배우가 될 수밖에 없을 텐데. 다른 직업을 마련하지 못한다면 말일세. 지금 그 애들은 자신의 장래를 자신들의 입으로 망가뜨리는 셈 아닐까? 그렇게 되면, 앞으로 자기들의 장래를 망쳐 놓았다며 나중에 극작가들을 원망할 것 아닌가?

로젠크란츠 양쪽 모두 서로를 비난하고 있습니다. 다만, 세상 사람들은 그 싸움을 부채질하고 있어요. 싸움 붙이는 걸 문제시하지 않거든요. 한때는 작가와 배우 사이에 논쟁이 벌어지는 장면을 넣지 않으면 아무도 그 연극을 보지 않으려고 할 정도였습니다.

햄릿 그게 말이 되는가?

길던스턴 하지만 사실입니다. 서로 험담을 엄청나게 했다더군요.

햄릿 결국엔 '소년 극단'이 이겼단 얘기인가?

로젠크란츠 그렇습니다. 글로브 극장을 휩쓸었습니다.

햄릿 이상할 것도 없지. 내 숙부가 덴마크 왕 아닌가? 아버지가 살아 계실 때는 숙부를 멸시하던 사람들이 인제 와서 그의 초상화 한 장에 20, 40, 50, 100더컷을 지급하며 사겠다고 하는 꼴이니. 철학자가 온다 해도 이런 부조리를 설명할 수 있겠는가?

(나팔 소리가 들린다.)

길던스턴 배우들이 도착했습니다.

햄릿 아무튼 자네들, 엘시노어에 잘 왔네. 자, 손을 이리 주게. 격식을 갖춰 환영해야지. 자, 이렇게 악수하세. 하지만 내가 자네들보다 배우들을 더 환영한다고는 생각하지 말게. 미리 말해 두지만, 그들에게도 어느 정도 예의를 갖출 필요가 있어서 말이지. 내 숙부인 아버지와 내 숙모인 어머니는 지금 속고 있다네.

길던스턴 속다니요? 무엇을 말입니까?

햄릿 나는 북북서풍이 불 때만 미친다네. 바람이 남쪽으로 바뀌면 나도 정신이 온전해지지. 적어도 매와 왜가리를 구별할 수는 있지.

(폴로니어스 등장)

폴로니어스 두 분, 잘 오셨소!

햄릿 어이, 길던스턴! 그리고 자네도 이리 가까이 오게. 귀 좀 빌리세. 잘 들어 두게. 저기 있는 늙은 아기는 아직 기저귀를 차고 있을 걸세.

로젠크란츠 아마 두 번째로 기저귀를 찼을 겁니다. 늙으면 애가 된다고 하지 않습니까.

햄릿 틀림없이 배우들이 왔다고 얘기할 걸세. 두고 보게. (큰 소리로) 자네 말이 맞았어. 월요일 아침이었지. 틀림없네.

폴로니어스 왕자님, 알려 드릴 말씀이 있습니다.

햄릿 그래, 새 소식이 있습니다. 옛날 로마에 로스키우스라는 배우가 있었는데…….

폴로니어스 배우들이 막 도착했습니다.

햄릿 어떤가.

폴로니어스 이 말씀을 드리고자.

햄릿 '그때는 배우들이 당나귀를 타고 왔도다.' 이 말을 하려고 했지.

폴로니어스 이들은 최고의 배우입니다. 비극, 희극, 역사극, 목가극은 물론이고, 목가적 희극, 역사적 목가극, 비극적 역사극, 비극적 희극적 역사극적 목가극, 기타 장소

의 일치를 지키는 고전극, 아니면 낭만 시극 등 못 하는
게 없습니다. 세네카의 비극을 만들어도 무겁지 않고,
플라우투스의 희극에 도전해도 가볍지 않습니다. 고전
극을 연기하는 것이나, 즉흥극을 연기하는 것이나 뭐든
지 능숙한 명배우입니다.

햄릿 이스라엘의 판관이여. 딸을 제물로 바친 그대는 얼마나
훌륭한 보물을 가지고 있다는 말인가?

폴로니어스 어떤 보물 말씀입니까?

햄릿 이런 노래도 있지 않소.

'아리따운 딸, 내 귀여운 외동딸

이 아비는 딸을 애지중지 사랑했네.'

폴로니어스 (방백) 여전히 내 딸 얘기로군.

햄릿 왜 내 말이 틀렸소?

폴로니어스 왕자님, 소신에게도 애지중지 사랑하는 딸이 있
긴 합니다.

햄릿 틀렸어. 이 노래는 그런 내용이 아니네.

폴로니어스 그렇다면 어떤 내용입니까, 왕자님?

햄릿 모르겠소?

'하느님만이 아시는 인연으로'

그리고 그다음은 이렇게 나간다오.

'처녀들에게 생기는 일은 결국 일어나고 말았다'

이 찬송가의 1절을 보면 더 자세히 알 수 있을 거요. 그건 그렇고, 저기 배우들이 오는군.

(배우들 등장)

햄릿 어서 오게. 모두 좋아 보이네. 친구들, 내 오랜 친구들! 얼굴에 수염이 덥수룩하군. 지난번 봤을 때는 수염이 없었던 것 같은데. 그 수염으로 나에게 반항하러 이 덴마크에 찾아온 건가? 이건 또 누구야? 젊은 아가씨 역할 아닌가! 지난번에 봤을 때보다 키가 굽 높이만큼 하늘에 더 가까워졌구먼. 그래, 널 위해 기도하마. 못 쓰게 된 금화처럼 변성기 때 목소리가 고음을 못 내는 일이 없도록 말이야. 아무튼 여러분, 정말로 반갑소. 이 지방 사람들은 프랑스의 매사냥꾼들처럼 배우만 보면 무작정 작업에 들어간단 말이야. 그럼 어디 닥치는 대로 해 볼까? 대사 하나만 어디 읊어 보게. (배우에게) 자, 한번 좀 보여 줘. 열정적인 것으로 말이야!

배우1 어떤 장면이 좋겠습니까?

햄릿 네가 한번 내게 들려준 적이 있지 않은가. 무대엔 올린 적이 없었을 텐데. 연극으로 만들었다 해도 한두 번이었을 거야. 그런 연극은 보통 인기가 없거든. 돼지에게 진주를 던지는 꼴이지. 내가 보기엔 무척 훌륭한 대본이었어. 나뿐만 아니라 나보다 작품에 대해서 탁월하게 인지하는 분들도 그렇게 얘기했었지. 장면이 잘 구성됐고, 문장도 적절하고 교묘했어. 어떤 비평가의 말처럼 내용을 돋보이게 하려고 일부러 대사를 치장하지도 않았고, 작가가 허세를 부리려고 언어유희를 한 것도 아니지. 그 대신 이 작품은 정직하고 재미가 있어. 인위적인 화려함보다 자연 그대로의 아름다움을 느끼게 하는 아주 완벽한 작품이었지. 그 작품 가운데 내가 좋아하는 구절이 있어. 이니어드가 디도와 이야기를 나누는 부분 말이야. 프리암 왕의 마지막 살해 장면을 묘사하는 대사는 아주 멋져. 아직 기억이 생생하군. 이 대목에서부터 시작해주게. 가만있자. 그게 어떻게 나가더라? 그렇지.

'호걸 피러스, 히르카니아의 맹호처럼…….'

아니, 이게 아니지. 피러스로 시작은 하는데.

'호걸 피러스, 검은 마음에 시커먼 갑옷

칠흑같이 어두운 밤에 불길한 목마 가운데에 숨어 있도다

이제 공포의 검고 무서운 얼굴에 더욱

처참한 몰골이 됐구나. 머리끝에서 발끝까지

아비, 어미, 딸, 아들들의

붉은색 피로 끔찍하게 물들이고

타는 불길에 시체는 엉키고 숯이 됐도다

그 불은 지옥의 등불

그 살인마의 만행을 비춰 주도다

치솟아 오르는 분노와 불길 속에

피는 끈끈이처럼 온몸에 달라붙고

핏발 선 눈에는 살기가 등등하네

악마 같은 피러스는

트로이의 늙은 왕 프리암을 찾아 나섰노라……'

자, 다음은 자네들 차례야.

폴로니어스 훌륭한 낭독입니다. 억양도 좋고 내용에 따라 잘 끊어 낭송하셨습니다.

배우1 '이윽고 프리암은

달려드는 그리스군을 물리치고자 보검을 휘둘렀건만

늙은 팔에 힘이 빠져 허공을 갈랐고

칼을 땅에 떨어뜨린다. 어찌 상대가 되나!

피러스가 프리암을 향해 분노의 칼을 내리친다

하지만 칼이 무섭게 허공을 치는 바람에

늙은 왕은 힘없이 쓰러졌도다

무심한 트로이 성이여, 그대도
이 공격을 당해 타오르는 불길 속에
하늘이 무너지듯 땅 위에 허물어져 피러스의 귀청을 때
린다
보라! 늙은 왕이여!
프리암의 백발 머리를 향해
내리치던 칼은 허공에 얼어붙고
피러스는 그림에 그린 폭군처럼
그 자리에 멈춰 서서 어찌할 바를 모르네
폭풍이 다가오기 직전, 하늘에는
고요가 깃들고 구름도 멎고
광풍은 침묵하고 땅은 무덤처럼 고요한데
느닷없이 천둥이 터져 허공을 때리니
망설이던 피러스의 복수심도 잠을 깨어
전쟁의 신 마르스의 불멸 투구
그 투구를 단련하던 애꾸눈 거인
사이클롭스의 철퇴가 이러했을까
피러스의 붉은 피 흐르는 칼은 인정사정없이
프리암의 머리를 내리쳤도다
사라져라, 매춘부 같은 운명의 여신이여!

하늘의 신들이여!

회의를 열어 여신의 힘을 빼앗을지어다

여신이 조종하는 수레바퀴에서

살과 테를 박살 내 버리고

둥근 바퀴통을 하늘 꼭대기에서 굴려

지옥의 밑바닥 마귀들에게 떨어지게 할지니.'

폴로니어스 너무 긴 것 같네.

햄릿 그렇다면 그 수염이나 잘라 버리지 그러오. 계속해 다오. 이 늙은이는 웃음거리나 음담패설 따위가 아니면 잠이 들어 버린다네. 자, 헤큐베가 등장하는 장면으로 넘어가세.

배우1 '하지만 그때 누가 보았는가. 휘장으로 몸을 감싼 왕비는……'

햄릿 휘장으로 몸을 감싼 왕비라고?

폴로니어스 좋아요. 멋있네요. '휘장으로 몸을 감싼 왕비'라.

배우1 '맨발로 이리저리 허둥댄다.

억수같이 쏟아지는 눈물

불꽃조차 꺼져 버릴 것 같도다

왕관이 얹혀 있던 머리엔

오직 초라한 보자기 한 조각뿐

치렁치렁하던 비단옷은 간 데가 없고

수많은 자식을 낳아 앙상한 허리엔

황망히 주워 걸친 누더기 담요만이…….

이러한 왕비의 모습을 본 사람이면

누군들 오만한 운명의 여신에게

저주의 독설을 퍼붓지 않으랴.

그뿐이랴? 하늘의 신들이 이런 광경을 봤다면

그들 또한 인간 세상에 어찌 무심하랴?

보라, 피러스가 흉악한 칼을 휘둘러

늙은 왕의 사지를 저미는 만행을

늙은 왕비는 이 광경에 절규한다

밤하늘에 빛나는 별들도 눈시울을 적신다.'

폴로니어스 저런, 안색이 창백해지며 눈물까지 글썽거리는 군. 이제 그만하게.

햄릿 잘했다. 이제 그만하게. 나머지 부분은 다음에 듣지. 경이 배우들을 잘 보살펴 주시오. 그들을 잘 대접해 주시오. 배우란 시대의 축이자 연대기니까. 살아생전 배우들에게 험담을 듣느니 죽은 뒤에 당신의 묘비명에 악담이 적히는 게 나을 거요.

폴로니어스 알겠습니다, 왕자님. 그들 신분에 맞게 잘 대접하겠습니다.

햄릿 그게 무슨 말씀이오. 더 융숭히 대접하시오. 신분에 맞게 대접한다면 이 세상에 태형을 피할 사람이 어그 있겠소? 경도 경의 명예와 위엄에 어울리게 대접하라는 말이오. 그들이 분수에 넘치는 대접을 받을수록 그대의 선의는 더 빛날 것이오. 자, 안으로 데려가시오.

폴로니어스 여보게, 이쪽으로 오게. (문 쪽으로 간다.)

햄릿 친구들! 그를 따라가게. 내일 연극 구경을 하세. (배우1을 가로막는다.) 여보게, 부탁이 하나 있네. 자네, 「곤자고의 암살」을 공연할 수 있겠나?

배우1 당연히 할 수 있지요, 왕자님.

햄릿 그럼 내일 밤 그걸 공연하면 좋을 것 같네. 내가 써 주는 대사를 12행이나 16행쯤 더 살을 붙일 수 있을까? 거때? 해 줄 수 있겠나?

배우1 아무 문제없습니다.

(폴로니어스, 배우들 퇴장)

햄릿 잘됐네! 저 영감을 따라가게. 하지만 그 영감태기를 지나치게 놀리지는 말게. (배우1 퇴장. 로젠크란츠와 길든스턴을 향해) 실례했네. 나의 오랜 친구들, 우리 오늘 밤에 다시 만나세. 엘시노어에는 잘 돌아왔네.

로젠크란츠 이만 물러가겠습니다, 왕자님.

(로젠크란츠, 길던스턴 퇴장)

햄릿 그럼 잘 가게! 이제야 혼자 남았군. 난 어쩌면 이리도 못난 인간일까! 방금 여기에 있던 배우를 생각해 보라! 시인의 꾸민 이야기에 불과한데도 자신의 상상으로 그 배역에 온전히 공감하고 있지 않은가? 안면이 창백해지고, 눈에는 눈물이 고이고, 미칠 듯이 고민하는 표정을 짓고, 목이 메고……. 자기가 표현하려는 것을 그대로 나타내지 않는가. 이 모든 것은 다 무엇 때문일까? 헤큐베 때문인가? 그럼 헤큐베는 누구이며, 또 그 배우는 헤큐베에게 어떤 존재란 말인가? 그와 헤큐베 사이에 울고불고할 것이 무엇이기에? 만약 나만큼 고민해야 할 원인이 있다면 저 배우는 그걸 어떤 방법으로 표현해 낼까? 그는 무대를 완전히 눈물로 적시고, 엄청난 대사로 관객들의 귀청을 찢어 놓을 것 아닌가? 죄지은 자는 미치게 만들고, 죄 없는 자는 두려움을, 무지한 자는 놀라움을, 그렇게 관객들의 넋을 빼앗고, 눈과 귀를 먹게 할 게 아닌가! 하지만 나는 아둔하고 미련한 인간이기에 맥없이 서성대며, 큰일에는 강인하지 못하고 해야 할 말도 한마디도 못하고 세월만 그냥 보내고 있지 않은가?

아아, 선왕께서는 왕권과 소중한 목숨을 악당에게 빼앗
기지 않았던가? 나는 왜 이리도 겁쟁이인가? 날 악당이
라고 부르는 자 누구냐? 머리통을 때려 부수고 수염을
잡아 뽑아내 얼굴에 집어 던질 자 그 누구냐? 내 코를 비
틀고, 날 허깨비라고 소리쳐 가슴을 후려칠 자는 누구
란 말이냐? 아아, 그런 자가 있다면 어쩔 수 없지. 그냥
그것을 달게 받아들일 수밖에. 제길, 난 욕을 먹어도 싸.
난 비둘기 간만큼 약해. 굴욕을 참지 못하고 사생결단
할 배알이라도 있다면, 난 그 비열한 악당의 고기로 하
늘의 솔개 떼 배를 불렸을 것 아니겠는가? 그 더럽고 썩
어 빠진 악당! 잔인무도하고 음탕한 악당! 아, 복수다!
아아, 나는 얼마나 못난 자식이란 말이냐? 나란 놈은 참
장하구나! 사랑하는 아버지가 살해당해 하늘과 지옥이
그 복수를 명령하는데도, 나는 그저 입으로만 나불대며
저주의 말을 옹알대고 있다니! 나는 매춘부 같은 자식
이다. 이제 정신 좀 차리고 생각을 가다듬어라! 그래, 나
도 들은 적이 있다. 죄를 지은 인간은 연극을 구경하다
기묘한 장면을 알아본다지. 그 자리에서 눈물을 흘리며
자신의 죄를 털어놓기도 한다지. 살인은 입이 없어도 다
른 입을 빌려 실토하게 된다지. 배우들을 시켜 숙부 앞

에서 아버지의 죽음을 떠올리게 만드는 장면을 보여 주게 해야겠다. 나는 숙부의 안색을 지켜보며 급소를 한번 찔러 보리라. 그가 만일 움찔한다면 무엇을 주저하겠는가. 이와 반대로 내가 본 유령은 악마일지도 모른다. 악마는 자유자재로 형태를 바꿀 수 있다고 하지 않나. 어쩌면 내가 허전해지고 울화증이 생긴 틈을 타 마수를 뻗치려는 수작일지도 몰라. 악마는 약해 빠진 이들에게 힘을 행사하는 법이니까. 그러니 나에게는 유령의 말보다 더 확실한 증거가 필요하다. 연극은 가장 좋은 방법이라 할 수 있다. 왕의 본심을 완전히 파헤치고 말겠다.

(햄릿 퇴장)

3막

1장

(왕과 왕비, 폴로니어스, 로젠크란츠, 길던스턴, 오필리어가 등
장한다.)

클로디어스 (로젠크란츠와 길던스턴에게) 그래, 이런저런 방법
을 다 써 가면서 물어봐도 햄릿이 왜 그리 소란스럽고
위험스러운 일들을 여기저기에 벌여 고요한 날들을 시
끄럽게 만드는지 아무 단서도 잡지 못했다는 말인가?

로젠크란츠 왕자님 자신도 마음이 심란하다고 하셨습니다.
그러면서도 그렇게 된 까닭에 대해서는 입을 꼭 다물고
계십니다.

길던스턴 게다가 남들이 자신에 관해 물어보는 것도 싫어하
십니다. 이유가 무엇인지 물어보아도 도무지 말하려 하

지 않는 눈치입니다.

거트루드 그대들을 반갑게 대하기는 하는가?

로젠크란츠 정중히 대해 주셨습니다.

길던스턴 그런데 태도가 왠지 억지로 꾸민 듯합니다.

로젠크란츠 무언가 말씀하고 싶은 눈치는 아니었습니다. 하지만 묻는 말에는 잘 대답해 주셨습니다.

거트루드 좀 재미있는 일들을 권해 보지 그랬소?

로젠크란츠 왕비 마마, 이곳으로 오는 길에 배우들을 만났습니다. 왕자님께 그들에 대해 말씀드렸더니, 반가워하시더군요. 배우 일행은 지금 궁전에 있습니다. 오늘 밤 공연하라는 분부를 햄릿 왕자님께 전해 받은 거로 알고 있습니다.

폴로니어스 그렇습니다. 햄릿 왕자님은 두 분 마마께서 연극 관람을 간청하도록 소신에게 당부했습니다.

클로디어스 당연히 보고말고. 햄릿이 연극을 좋아한다니 반가운 일이로다. 그대들도 앞으로 연극 관람을 자주 권해 주길 바라오. 햄릿이 무언가 즐거운 것에 마음이 끌리도록 해 주오.

로젠크란츠 그렇게 하겠습니다, 전하.

(로젠크란츠, 길던스턴 퇴장)

클로디어스 내 사랑 왕비여, 그만 들어가 있으시오. 사실 햄릿을 이리로 불렀다오. 햄릿이 여기서 우연히 오필리어를 만나도록 꾸몄지. 오필리어의 부친과 함께 이곳에 숨어서 두 사람이 만나는 광경을 지켜볼 것이오. 햄릿의 행동을 자세히 살펴보고, 왕자가 실성한 까닭이 사랑 때문인지 아니면 다른 이유가 더 있는지 판단해 볼 것이오.

거트루드 말씀대로 하겠습니다. 그런데 오필리어, 햄릿이 실성한 것이 네 아름다움 때문이라면 얼마나 다행스러운 일이냐! 네 착한 마음씨로 햄릿이 정상으로 되돌아온다면……. 그렇게 된다면 너희 두 사람을 위해서도 좋은 일 아니겠느냐.

오필리어 왕비 마마, 소녀도 그렇게 되기를 바라옵니다.

(왕비 퇴장)

폴로니어스 오필리어, 조금 더 서성거리렴. 전하, 소신과 함께 이곳으로 오시옵소서. (오필리어에게) 이 책을 읽고 있어. (기도용 책상에서 책을 집어 오필리어에게 준다.) 그렇게 책에 빠져 있는 흉내를 내면 혼자 있어도 이상하게 여기지 않을 거야. 이런 일은 비난받아 마땅한 일이지만 살다 보면 흔히 있는 일이기도 해. 경건한 표정을 하고 가면을 쓰면서 악마의 본성을 감추는 일인지도 모르겠지만 말이야.

클로디어스 (방백) 그렇다. 저 말 한마디가 양심을 채찍질하는구나. 화장술로 단장한 매춘부의 얼굴보다 위선적인 나의 행실이 더 더럽게 여겨지는구나. 그럴싸하게 꾸민 말 뒤에 숨어 있는 나의 행실. 아아, 양심의 짐이 무겁다!

폴로니어스 오고 있습니다. 전하, 이리로 숨으시지요.

(왕과 폴로니어스, 커튼 뒤에 숨는다. 오필리어가 기도용 책상 앞에 무릎을 꿇는다. 햄릿, 침통한 표정으로 등장한다.)

햄릿 사느냐 죽느냐. 이것이 문제로다. 가혹한 운명의 화살이 꽂힌 고통을 죽은 듯 참는 것이 과연 장한 일인가. 아니면 두 손으로 거친 파도처럼 밀려드는 재앙과 싸워서 물리치는 것이 옳은 일인가. 죽는 건 그저 잠드는 것일 뿐. 그뿐 아닌가. 잠들면 우리 마음의 고통과 육체에 끊임없이 따라붙는 무수한 고통이 모두 다 끝나 버린다. 죽음은 우리가 그토록 열렬히 바라는 삶의 결말이 아닌가. 그러면 꿈도 꾸겠지. 그건 괴로운 일이야. 이 세상의 번뇌를 벗어나 영원한 잠자리에 들 때, 우리에게 어떤 꿈이 나타날지 생각하면 다시 망설일 수밖에 없도다. 이런 주저함 때문에 인생은 평생 불행할 수밖에 없지 않은가. 이런 주저함이 없다면 누가 이 세상의 채찍과 모욕을 참겠는가. 폭군의 횡포와 권력자의 오만함, 좌절한 사랑의 고통, 엉터리 재판과 오만 방자한 관리들. 소인배가 덕이 있는 사람을 모욕하는 그 비극을 도대체 그 누가 참아 낸단 말이냐. 그저 칼 한 자루로도 이 모든 것을 깨끗하게 끝낼 수 있지 않은가. 결국, 죽은 뒤의 세상에 대한 불안, 나그넷길을 떠나면 다시는 돌아올 수 없는 그 미지의 나라가 사람의 결심을 망설이게 하는 것이 아닌가. 알지도 못하는 저세상으로 달아나느니 차라리 이대로 이 세상의 고통을 참기 마련이지. 그렇지 않다면 그 누가 무거운 짐을 걸머지고 평생 괴로운 삶을 신음하며 견딘단 말인가? 결국 깊은 생각은 우리를 모두 겁쟁이로 만들고 만다. 우리가 원래 결심했던 것은 겉으로는 생생한 혈색을 가진 것 같지만, 그 뒤에는 창백한 병과 죽음의 그림자가 드리운다. 그리고 뜨겁게 타오르던 큰 뜻도 마침내 방향을 잃고, 행동하는 실천과 멀어지는 것. 잠깐, 사랑스런 오필리어 아닌가. 그대, 사랑스러운 숲의 여신이여. 기도하고 있는가? 기도하려고 하거든 잊지 말고 나의 죄를 위해 빌어 주오.

오필리어 (일어서며) 왕자님, 오랜만입니다. 요즘 어떻게 지내
시는지요?

햄릿 오, 정말 고맙군. 난 잘 있소. 아주, 잘 있다오.

오필리어 그동안 저에게 보내 주신 많은 선물을 오래 전부터
돌려드리려 했습니다. 이제 부디 받아 주세요.

햄릿 난 받을 수 없소. 나는 그대에게 준 게 없다오.

오필리어 왕자님, 선물에다 다정한 말씀까지 보내 주셨잖아
요. 그 때문에 선물이 더욱더 소중하게 여겨졌습니다.
하지만 그 향기도 이제 사라졌으니 도로 이 물건들을 받
아 주세요. 아무리 값진 선물이라도 보낸 사람의 마음
이 변하면 그 선물이 초라해지는 법입니다. 가져가세요.
(가슴에서 보석을 꺼내 햄릿 앞 탁자 위에 놓는다.)

햄릿 (상대의 계략을 알아차리고) 하하하! 그대는 정조가 굳은
가?

오필리어 왕자님?

햄릿 그대의 얼굴은 아름다운가?

오필리어 왕자님, 무슨 말씀이신지?

햄릿 글쎄, 그대가 아름답고 정숙한 여자라면, 미모와 정숙
함이 만나지 않도록 하시오.

오필리어 왕자님, 여자의 아름다움과 정조처럼 잘 어울리는

게 또 어디 있겠습니까?

햄릿 천만에. 아름다움의 힘이 정절을 타락시켜 음란하게 만드는 건 쉬운 일이오. 하지만 정절의 힘이 아름다움을 바꾸어서 정숙하게 만드는 일은 어려운 일이오. 전에는 이걸 그저 하나의 역설로 여겼지. 하지만 요즘 시대에는 그 말이 진리라는 실증이 있소. 나도 한때 그대를 사랑했소.

오필리어 저도 한때 그렇게 믿었답니다.

햄릿 내 말을 믿지 않았어야 했소. 썩은 나무 밑바탕에 아무리 미덕의 가지를 접목한들, 원래 바탕이 없어질 리 있겠소? 나는 당신을 사랑하지는 않았소.

오필리어 그렇다면 소녀는 더욱 속은 느낌이 드네요.

햄릿 (기도용 책상을 손가락질하면서) 수녀원으로 가시오. 왜 그대는 죄 많은 인간을 낳고자 하는 거요? 나는 그래도 내가 꽤 성실한 인간이라고 생각한다오. 하지만 그래도 나 어머니가 차라리 날 낳지 않았더라면 하고 한탄하곤 하지. 그만큼 많은 죄를 저지르고 있는 거요. 사실 나는 매우 오만하고 복수심이 강하며 야심도 큰 사람이오. 머릿속에서 생각을 다듬고 계획을 잡기도 전에, 나 자신도 미처 의식하지 못하는 죄, 상상 속에서 형체를 그리기도

전에 저지르는 죄, 기회만 있으면 언제든 저지를 수 있는 그런 죄. 나는 무슨 죄를 저지를지 알 수 없는 인간이란 말이오. 나 같은 인간이 이 천지를 다니면서 할 일이 무엇이겠소? 우리 인간은 모조리 엄청난 악당들이오. 아무도 믿지 마시오. 수녀원으로 가시오. 가라고! (갑자기) 아버지는 어디 계시지?

오필리어 집에 계십니다, 왕자님.

햄릿 문을 걸어 잠그고 단단히 가둬 두시오. 밖에 나와서까지 집도 아닌 곳에서 공연히 바보 같은 짓을 못 하게 말이오. 잘 가시오.

　(햄릿 퇴장)

오필리어 (십자가 앞에 무릎을 꿇고) 하느님. 천사님. 왕자님을 구원해 주소서!

햄릿 (실성한 듯한 태도로 돌아온다.) 그대가 결혼한다면 나의 저주를 혼수 삼아 보내리. 그대가 아무리 정숙하고 흰 눈처럼 순결하다고 해도 이 세상의 중상모략은 피하지 못할 거요. 당장 수녀원으로 가시오, 어서. 잘 있어요. (이리저리 왔다 갔다 하면서) 그래도 굳이 결혼하려거든 바보와 하도록 하시오. 현명한 자들은 아내를 얻으면 자기가 괴물이 되고 만다는 걸 너무 잘 아니까. 당장 수녀원으로 가시오. 지금 당장 말이오. 잘 가시오. (뛰어나간다.)

오필리어 하느님, 왕자님의 정신을 돌려주소서!

햄릿 (다시 돌아온다.) 나는 알고 있지. 여자들이 분을 바른다는 사실을. 하느님께서 주신 얼굴을 완전히 딴판으로 만들어 버린다는 사실을. 간드러지게 걷고, 짧은 혀로 나불대고, 하느님의 창조물에 이상한 별명을 붙이고, 음탕한 짓을 하고 모른 척 잡아떼기도 하지. 도저히 참을 수 없어. 그게 날 미치게 만들어. 이 세상 남자와 여자들을 결혼하게 놔두어서는 안 돼. 이미 결혼한 것들이야 한 쌍만 빼놓고선 도리 없이 살려 두어야지. 하지만 아직 결혼하지 않은 사람들은 지금처럼 그냥 현 상태에서 쭉 살아가는 게 좋을 거야. 당장 수녀원으로 가.

(햄릿 퇴장)

오필리어 아, 그리도 고상하던 기품이 저렇게 무너지다니! 귀인의 수려함, 장엄한 칼, 학자의 교양을 가졌던 분이건만! 나라의 희망, 귀감이 될 만한 행실과 예절도 모든 사람이 떠받들던 왕자님이 저렇게 되다니! 오늘 이 오필리어 또한 이 세상에서 가장 괴롭고 불쌍한 처지가 됐구나! 왕자님의 달콤한 사랑의 맹세를 듣던 나의 귀가 저 고결하고 반석같이 굳은 이성의 종소리가 이지러진 금이

간 종처럼 불협화음을 내는 걸 들어야 한다니. 만발한 꽃처럼 아름다운 청춘의 용모와 자태도 광기를 머금고 시들어 버렸구나! 어쩌면 좋은가? 그 아름다운 광경을 보았던 이 눈이 지금의 저 처참한 광경을 보아야 한다니!

(클로디어스와 폴로니어스, 휘장 뒤에서 슬그머니 나타난다.)

클로디어스 사랑? 아니야! 그의 마음은 그쪽에 쏠려 있는 게 아니오. 말의 조리가 없고 대중이 없긴 하나, 미친 사람의 소리 같지는 않소. 마음속에 무언가가 도사리고 있어. 그게 알을 깨고 터져 나오는 날이면 내게 위험이 닥치겠지. 그걸 막으려면 선수를 쳐야지. 이렇게 하면 어떨까? 왕자를 영국으로 파견하도록 하자. 밀린 조공을 재촉한다는 명분으로 말이야. 바다 건너 먼 다른 나라에 가서 타국의 새로운 풍물을 구경하면 가슴속에 응어리진 괴로움이 조금은 풀릴지도 몰라. 밤낮없이 생각에 몰두하다 보니, 저렇게 미쳐 버릴 수밖에. 경의 의견은 어떠한가?

(오필리어가 다가온다.)

폴로니어스 맞습니다. 묘안입니다. 하지만 소신의 생각으로는 왕자님께서 슬픔에 빠지게 된 기원과 시작은 실연 때

문이 아닌가 합니다. 그렇지, 오필리어? 햄릿 왕자님이
하신 말씀은 되풀이하지 않아도 된다. 이미 모두 다 들
었으니까. 전하, 뜻대로 하소서. 하지만 연극이 끝난 뒤
에 왕비 마마께서 왕자님을 부르시어 슬픔의 이유를 물
어보는 것이 어떠할까요. 전하께서 허락하신다면 소신
이 숨어 두 분의 말씀을 들어 볼까 합니다. 그렇거 한 다
음에도 슬픔의 원인을 알아내지 못한다면 그때 왕자님
을 영국으로 보내도 될 것 같습니다. 아니면 적당한 곳
에 가두어도 좋을 듯합니다.

클로디어스 경의 생각대로 하리. 왕자의 실성을 방관할 수는
없으니.

(모두 퇴장)

<h1 style="text-align:center">2장</h1>

(햄릿과 배우 세 사람이 막 뒤에서 등장한다.)

햄릿 (배우1에게) 부탁일세. 내가 말한 대로 최대한 자연스럽게 대사를 처리하게. 만약 다른 배우처럼 크게 소리를 지르며 과장되게 할 생각이라면, 차라리 거리의 약장수를 데려다 시키겠어. 손을 움직일 때는 허공을 휘젓지 말고, 부드럽게 쓰게. 정열이 회오리바람처럼 일어날 때도 자연스러운 연기를 해야 해. 요란한 가발을 쓴 엉터리 배우가 나와 홀로 격정에 사로잡혀 자기감정을 거덜내며 아우성을 치면 감격스러운 장면을 망치게 된다네. 그러면 정말 화가 치밀어 올라. 엉터리 무언극이나, 소리를 지르지 않으면 대사가 잘 들리지도 않는 삼등석 관

중을 상대로 하는 거라면 모르겠어. 그런 엉터리 연극을
하는 이들은 터마켄트보다 더한 녀석들이기 때문에 회
초리를 맞아야 해. 폭군 헤롯 왕을 능가하는 수작이라니
까.

배우1 그런 일이 없도록 하겠습니다.

햄릿 그렇다고 너무 맥이 빠져도 곤란하지. 각자 자신의 분
별에 따라 말과 행동을 신중히 해야겠지. 연기는 대사
와, 대사는 연기와 조화가 맞아야 해. 중용 정신이 필요
하지. 무엇이든 지나치면 본래 목적에서 벗어나게 되지.
연극의 목적은 예나 지금이나 자연을 거울에 비추는 일
이라네. 옳은 것은 옳은 대로, 그른 것은 그른 대로 고스
란히 비추는 거야. 시대의 양상을 있는 그대로 보여 주
는 것이 가장 중요하네. 모든 게 지나치거나 부족하면
어설픈 관객을 웃길 수 있을지는 모르지만, 안목 있는
수준 높은 관객은 불쾌함만 느낀다네. 그러한 관객은 수
가 적지만, 그들의 비난은 다른 수많은 관객의 칭찬보다
몇 배나 더 중요한 법이야. 나도 본 일이 있는데……. 엉
터리 배우가 하나 있었어. 그는 기독교도도 아니고 이교
도도 아닌 괴상한 말씨를 구사했고, 인간다운 흔적조차
없는 이상한 걸음걸이로 걸었지. 무대 위에서 어찌나 거

들먹거리며 고함을 지르는지! 신이 수습공을 시켜 아무렇게나 인간을 만든 게 아닌가 하는 생각밖에 나지 않더군. 그런데 많은 이가 그를 극찬하더군.

배우1 저희는 그런 구태를 많이 개선했습니다.

햄릿 철저히 고쳐야 해. 광대 역이라 해도 대본에 없는 대사를 말해서는 안 되네. 광대 가운데는 얼마 안 되는 멍청한 관객들을 웃기려고 자기가 먼저 웃음을 보이는 녀석이 있지. 그렇게 웃으면서 연극의 핵심은 완전히 잊어버리고 말지. 기가 막힐 노릇이지. 광대가 그런 수작을 부리는 속셈이야 뻔하지. 자, 어서 준비하게.

(폴로니어스, 로젠크란츠, 길던스턴 등장)

햄릿 어찌 됐소, 폴로니어스 경? 전하께서 연극을 보러 오시는 건가요?

폴로니어스 예, 왕비 마마도 함께 오실 겁니다.

햄릿 배우들에게 서두르라고 지시하시오.

(폴로니어스 퇴장)

햄릿 자네들도 가서 도와주게.

로젠크란츠 잘 알겠습니다.

(로젠크란츠, 길던스턴 퇴장)

햄릿 호레이쇼!

(호레이쇼 등장)

호레이쇼 부르셨습니까, 왕자님?

햄릿 내가 오랫동안 많은 사람을 만났지만, 자네처럼 돈정한
자는 없었네.

호레이쇼 아닙니다.

햄릿 아첨이 아닐세. 성품이 아름답지만 가난한 자네에게 내
가 무슨 이득을 바라며 아첨하겠나. 가난뱅이에게 아첨
해 얻을 게 무엇인가? 아니야. 세도가에게 아부하는 일
은 달콤한 혓바닥을 가진 놈들에게 맡겨야 해. 그들은
이득이 생기는 쪽을 향해 아낌없이 무릎을 굽실거리겠
지. 호레이쇼, 내 마음이 철이 들어 사람의 품성을 분간
할 수 있게 된 뒤부터, 난 자넬 진정한 영혼의 벗으로 여
겨 왔네. 자네는 갖은 고생을 다 겪으면서도 흔들리지
않을뿐더러, 운명과 신이 안겨 주는 고통이나 은총을 고
맙게 받아들이는 사람이었네. 자네는 감정과 이성이 조
화를 이루어, 운명의 여신의 손끝에 놀아나서 우둔한 소
리를 울려 주는 패거리들과 본질적으로 다르네. 난 자네
가 부럽네. 감정의 노예가 아닌 사람이 있다면 내게 데
려오게. 그를 자네처럼 내 가슴 깊숙이 간직하고 싶네.
내 말이 너무 장황했나 보군. 오늘밤 궁에서 연극 공연

이 있어. 가운데 한 장면은 내가 자네에게 얘기한 선친의 살해 장면과 비슷하지. 연극이 시작되면 자네는 정신을 바싹 곤두세워 숙부의 모든 행동을 살펴봐 주게. 만약 어떤 장면에서도 숙부가 본색을 드러내지 않는다면, 전에 우리가 본 유령은 악귀인 게 분명해. 내 상상력은 불의 신 불칸의 대장간처럼 아주 지저분해지는 거야. 부디 숙부의 표정을 살펴 주게. 나도 두 눈을 그 얼굴에서 떼지 않을 테지만. 연극이 끝난 후 우리 두 사람의 의견을 모아 그에 대한 판단을 내리세.

호레이쇼 잘 알겠습니다. 연극 도중 제가 한눈을 판다면, 벌을 달게 받겠습니다.

(나팔 소리, 북소리)

햄릿 관객들이 오는군. 아무렇지 않은 척해야겠네. 자네도 자리에 앉게나.

(왕, 왕비, 폴로니어스, 로젠크란츠, 오필리어 등장)

클로디어스 요즘에는 어떻게 지내느냐, 햄릿?

햄릿 잘 지냅니다. 카멜레온처럼 거짓 약속으로 가득 찬 공기만 마시면서 살고 있지요. 거세된 수탉이라도 이렇게 기를 수는 없을 테지요.

클로디어스 무슨 소린지 모르겠구나, 햄릿. 그건 내 물음에 대한 대답이 아니다.

햄릿 그렇지요. 그런데 입 밖에 나와 버렸네요. (폴로니어스에
게) 폴로니어스 경은 대학 시절 연극을 했다 했스?

폴로니어스 그렇습니다. 명배우란 극찬을 받기도 했지요.

햄릿 무슨 역을 맡으셨소?

폴로니어스 줄리어스 시저 역이었습니다. 의사당어서 암살
을 당했지요. 브루터스의 손에 말입니다.

햄릿 그 친구 참 잔인한 놈이군. 이런 어리석은 바토를 죽이
다니. 배우들은 준비가 다 됐나?

로젠크란츠 예! 분부만 기다리고 있습니다.

거트루드 햄릿, 이리 와서 내 곁에 앉으렴.

햄릿 아닙니다, 어머니! 이쪽에 더 나를 더 끌어당기는 물건
이 있습니다. (오필리어 쪽으로 간다.)

폴로니어스 (방백) 아! 지금 한 말 들으셨습니까?

햄릿 아가씨, 그대 무릎에 누워도 되겠소?

오필리어 안 됩니다, 왕자님.

햄릿 머리만 그대의 무릎에 눕겠다는데, 그것도 싫소?

오필리어 그럼…….

(햄릿, 오필리어의 발치에 눕는다.)

햄릿 내가 무슨 상스러운 짓이라도 할 줄 알았소?

오필리어 아닙니다.

햄릿 처녀 가랑이 사이에 눕는다. 멋진 생각인데.

오필리어 무슨 말씀인가요?

햄릿 아니야.

오필리어 즐거워 보입니다.

햄릿 누가? 내가?

오필리어 그렇습니다.

햄릿 맙소사. 나야 태생이 광대니까. 인간이 쾌활하지 않으면 어찌할 거야? 저것 봐요. 우리 어머니의 행복한 얼굴을 보라고. 아버지가 돌아가신 지 두 시간도 채 안 됐는데.

오필리어 아닙니다. 두 달의 두 배는 지났을 겁니다.

햄릿 뭐? 벌써 그렇게 됐나? 그럼 상복은 악마에게 물려주고, 난 수달 가죽이라도 걸쳐야겠군. 놀라워! 두 달 전에 돌아가셨는데 아직 잊지 않고 있다니. 위대한 사람에 대한 기억은 적어도 반년은 이어진다는 이야기군. 교회라도 세워 두어야지. 그렇지 않으면 놀이터의 장난감 말처럼 금세 잊히고 말 테니까 말이야. 그 말의 묘비명은 이것이지. '이랴! 이랴! 장난감 말은 잊혔다.' 이거란 말이지.

(나팔 소리. 연극이 시작된다. 무언극 속 왕과 왕비가 나타나 서로 포옹한다. 왕비는 무릎을 꿇고 왕에게 사랑을 맹세한다. 왕은 왕비를 일으켜 세우고, 그의 머리를 왕비의 목에 기대고서 꽃이 만발한 언덕에 눕는다. 왕비는 왕이 잠든 것을 보고 자리를 떠난다. 한 사나이가 등장한다. 왕의 머리에서 왕관을 벗기고 입을 맞춘다. 그는 잠들어 있는 왕의 귀에 독약을 붓고 퇴장한다. 돌아온 왕비는 왕이 죽은 것을 보고 슬픔에 잠긴다. 사나이는 서너 명의 부하를 데리고 다시 나타난다. 그는 왕비를 위로하는 척한다. 부하들이 죽은 왕의 시체를 실어간다. 사나이는 예물을 가져와 왕비에게 사랑을 구한다. 왕비는 처음에는 싫어하는 척하다 그의 사랑을 받아들인다. 무언극이 진행되는 동안, 햄릿은 왕과 왕비를 바라본다.)

오필리어 이 연극은 무슨 뜻입니까?

햄릿 아무것도 아니오. 살금살금 저지르는 범죄에 대한 이야기야.

오필리어 이 무언극이 연극의 주제로 보입니다.

(해설자 등장)

햄릿 이 친구가 가르쳐 줄 거야. 배우들이란 비밀을 숨기지 못하고 죄다 까발리고 마니까.

오필리어 무언극의 의미도 가르쳐 주겠군요?

햄릿 (거친 어조로) 그뿐이겠소, 그대의 무언극도 해설할 거
요. 그대가 부끄러워하지 않고 무언극을 해 보인다면 말
이지.

오필리어 망측합니다. 전 연극이나 구경하겠습니다.

해설자 극단을 대표해 여러분에게 감사의 말씀을 드립니다.
이 무대에 올리는 비극을 조용히 보아 주시기 바랍니다.

(해설자 퇴장)

햄릿 이건 극을 시작하는 말인가, 아니면 반지에 새겨진 글
귀인가?

오필리어 너무 짧군요.

햄릿 마치 여인의 사랑처럼.

(왕과 왕비를 연기하는 배우들 등장)

배우 왕 아름다운 왕비여. 결혼의 신 하이멘이 우리의 손을
맞잡게 했소. 이렇게 성스러운 혼인 의식을 올린 날부터
태양의 꽃수레가 바다와 둥근 땅을 서른 번 돌았소. 서
른을 열두 번 곱해서, 달님은 빛을 빌려 왔소. 열두 번을
서른 번 곱해서, 달님은 땅을 비췄소.

배우 왕비 기나긴 여행. 앞으로도 해와 달은 그만큼 돌 것입
니다. 우리의 사랑이 영원히 이어지게 축복해 주소서.
하지만 저는 슬프답니다. 요즘 폐하께서 병환이 잦아 웃

음이 사라진 지 오래입니다. 옛 모습을 찾을 수 없어 염려됩니다. 제가 이렇게 가슴속에 근심을 지닌다 허서 언짢게는 생각하지 마소서. 원래 여자의 근심과 애정은 함께하는 법이옵니다. 애정이 없으면 근심도 없고, 애정이 크면 근심도 크답니다. 저의 사랑이 어느 정도인지는 그동안 지내 보셔서 아실 터이지요. 사랑이 커지면 사소한 염려도 근심 걱정이 되고, 사소한 근심 걱정이 커지면 사랑도 더욱 깊어지는 법이지요.

배우 왕 사랑하는 왕비여. 당신을 버리고 가야 할 나의 운명, 그 운명이 그리 멀지 않았소. 심신이 나날이 쇠약해 가는 것이 무엇보다 그 증거 아니겠소. 당신은 이 아름다운 세상에 살아남아 백성의 존경과 사랑을 받으며 남은 생을 마음껏 즐기시오. 좋은 사람 있다면 배필로 갖이하시오.

배우 왕비 그런 말씀 마세요. 제 가슴에 오직 추악한 배반을 불러올 뿐입니다. 재혼하느니, 차라리 저주를 받겠어요. 남편을 살해한 여자가 아니고서야, 어찌 재혼을 생각하겠어요.

햄릿 (방백) 독초냐, 약초냐? 지금 이 말.

배우 왕비 재혼할 마음은 천한 욕정 때문에 생겨납니다. 그건 사랑이 아닙니다. 두 번째 남편과 잠자리를 갖고 입을 맞추는 날, 저는 고인이 된 남편을 두 번 죽이게 될 겁니다.

배우 왕 당신이 지금 한 말이 진실임을 의심치 않소. 하지만 인간이란 아무리 굳게 결심해도 약속을 깨뜨리기 쉽소. 의지는 기억의 노예에 불과한 법. 태어날 때의 기세는 강해도 그리 오래 버티지 못하는 법이오. 설익은 과일은 가지에 매달려 있지만 무르익은 과일은 흔들지 않아도 땅에 떨어지게 마련이오. 스스로 진 빚을 갚지 않고 잊는 것이 인지상정이오. 열정이 타올랐을 때 드는 결심은 금세 풀어진다오. 격렬함이 사그라지면 실행할 힘도 없어지고 말지요. 기쁨이 미쳐 날뛰는 자리에서 슬픔도 더욱 커지는 법. 사소한 일 때문에 희비가 교차하기 마련이오. 세상은 영원한 것이 아니니, 우리의 사랑도 운명과 더불어 변화한다는 것이 이상한 일이 아니오. 사랑이 운명을 *끄느냐*. 운명이 사랑을 *끄느냐*. 이는 아직도 명확한 해답을 얻지 못했다오. 권력자가 몰락하면 수하의 무리도 떠나가고, 아주 미천한 사람도 출세하면 어제의 원수가 변해 친구가 되는 법이 아니오? 이것은 사랑이 운명의 종이라는 증거요. 재력을 가진 사람은 친구가 부족하지 않지만, 가난한 자는 성실치 못한 친구를 시험하려다 당장 원수를 만들고 마는 법이오. 우리 이야기를 원점으로 되돌려 말을 끝맺읍시다. 우리의 의지와 운명은 상반된다오. 의지는 항상 뒤집히는 법이지. 결과는 우리의 뜻대로 되지 않는 법이오. 지금은 재혼할 생각이 없겠지. 첫 남편이 죽고 나면 왕비의 생각도 따라 죽고 말 것이오.

배우 왕비 어찌 그럴 수 있습니까? 대지가 양식을 베풀지 않고, 하늘이 빛을 비추지 않고, 낮의 즐거움과 밤의 휴식을 빼앗기고, 믿음과 희망이 절망으로 변한다고 하더라도, 옥에 갇혀 평생 고생한다고 하더라도, 기쁨을 덮치는 온갖 재앙이 이 몸을 덮쳐서 저의 소망을 멸한다고 하더라도, 영겁의 고뇌가 이승뿐 아니라 저승에서까지 내 뒤를 쫓는다고 하더라도, 폐하를 여읜 이 몸이 어찌 다시 혼인할 수 있습니까!

햄릿 이렇게 굳은 맹세를 깨뜨리면 어쩌려고?

배우 왕 굳은 맹세 감사하오! 사랑하는 왕비여. 잠시 나를 홀로 있게 해 주오. 어지럽소. 한숨 자고 나면 지루한 이 하루의 기분도 온전히 개운해질 것 같소이다. (잠이 든다.)

배우 왕비 부디 머리를 식히소서. 재앙이 우리 둘 사이를 갈

라놓지 않기를!

(배우 왕비 퇴장)

햄릿 왕비 마마, 연극이 마음에 드십니까?

거트루드 왕비의 말이 다소 가볍지 않은가?

햄릿 그렇지만 스스로 맹세한 것은 지키겠지요.

클로디어스 햄릿 왕자는 이 연극의 줄거리를 알고 있겠지? 해괴한 장면은 없을 테지?

햄릿 이건 그저 장난에 불과합니다. 장난으로 독살을 하지요. 그 밖의 해괴한 장면은 전혀 없습니다.

클로디어스 이 연극의 제목은 무엇이냐?

햄릿 '쥐덫'입니다. 왜 그런 제목을 붙였냐고요? 물론 비유지요. 이 연극은 빈에서 일어난 살인 사건을 소재로 했지요. 왕의 이름은 곤자고, 왕비는 뱁티스입니다. 대단히 끔찍한 사건입니다. 하지만 무슨 상관입니까? 전하나 저처럼 양심이 깨끗한 사람과는 전혀 상관없는 얘기입니다.

(루시아누스 등장)

햄릿 왕의 조카 루시아누스라는 사나이입니다.

오필리어 왕자님께선 해설자처럼 내용을 아는군요.

햄릿 난 인형극에서 꼭두각시들이 벌이는 수작만 보아도 그대와 애인 사이에 무슨 일이 있었는지 설명할 수 있지.

오필리어 너무합니다.

햄릿 화났나? 내 것을 화나게 하려면 그대가 신음을 내야 할 텐데.

오필리어 더 심하군요. 정말 너무합니다.

햄릿 남편을 맞이하면 그걸 모르고 지낼 순 없지. 이게 시작해야지. 살인자, 염병할 놈! 얼굴을 찌푸리지 말그 어서 시작하라고! '까마귀는 깍깍 복수를 부르짖는다.' 부분부터!

루시아누스 마음은 검고, 손은 날렵하다. 약은 강하고, 때는 무르익었다. 다행히 아무도 보는 사람이 없구나. 하늘이 나를 돕는다. (독약을 쳐든다.) 한밤중에 약초를 캐다가 만든 저 흉악하고 저주스러운 혼합물이여. 마녀 헤카테의 주문으로 세 번 말리고, 세 번 독기를 쐬어 만든 이 독약! 자연의 마력과 무서운 효력을 발휘해 저 싱싱한 목숨을 당장 끊어 다오.

(독약을 왕의 귀에 붓는다.)

햄릿 저게 바로 왕위를 빼앗기 위해 정원에서 잠자고 있는 왕을 독살하는 장면입니다. 왕의 이름은 곤자고, 이 이야기는 이탈리아어로 전해 내려오는 실화입니다. 저 살인자는 왕비의 사랑까지 얻게 됩니다.

(클로디어스가 자리에서 일어난다.)

오필리어 전하께서 자리를 뜨네요.

햄릿 이런, 불꽃놀이에 놀라셨나?

거트루드 괜찮으십니까?

폴로니어스 연극을 중단하라.

클로디어스 등불을 가져오너라. 난 그만 가련다!

폴로니어스 등불, 등불, 등불을 가져오라!

(햄릿과 호레이쇼만 남고 모두 퇴장)

햄릿 (노래한다.) 울어라 울어, 화살 맞은 사슴아

놀아라 춤추어라, 멀쩡한 수사슴아

밤에 자지 않는 놈이 있으면 자는 놈도 있지

이게 세상의 이치야.

이만하면 나도 극단에 낄 수 있겠지? 옷에 깃털 장식을

붙이고, 신발 위에다 큰 장미꽃 리본이라도 두 개쯤 달

면 말이야. 나중에 내 팔자가 기구해지면 말일세.

호레이쇼 배우 반 명 몫의 급료는 받을 것 같습니다.

햄릿 무슨 말이야? 한 사람 몫을 받아야지.

(노래한다.) 그대는 알겠지, 목동이여

이 나라는 주피터 신을 빼앗겼다

이 땅을 다스리는 자는

여자에 미친 공작 왕이로다.

호레이쇼 공작이란 호칭은 다소 지나칩니다.

햄릿 호레이쇼, 어떤가? 유령의 말에 천금을 걸 수 있겠네.

자네도 보았겠지?

호레이쇼 봤습니다.

햄릿 독살 장면도?

호레이쇼 분명히 봤습니다.

(로젠크란츠, 길던스턴 등장)

햄릿 아하! (두 사람에게 등을 돌리고) 자, 풍악을 울려라! 피리

를 가져오라! 국왕 폐하는 희극이 싫단다. 싫으면 싫은

거겠지. 풍악을 울려라!

길던스턴 왕자님, 드릴 말씀이 있습니다.

햄릿 천 마디를 해도 괜찮네.

길던스턴 왕자님, 국왕 폐하께서…….

햄릿 폐하께서?

길던스턴 내전으로 들어가며 무척 언짢아하셨습니다.

햄릿 지나치게 술을 드셨나?

길던스턴 아닙니다! 폐하께서 진노하신 듯합니다.

햄릿 그렇다면 주치의를 부르는 게 더 현명한 일 아닐까? 내

가 섣불리 처방했다간 그 화병이 도질지도 모를 일 아
닌가.

길던스턴 엉뚱한 말씀만 하지 마시고 제 말씀을 들어 주십
시오.

햄릿 자네 말을 경청하겠네. 어서 말해 보게.

길던스턴 왕비 마마께서 마음이 많이 상했습니다. 그래서 저
를 보내셨습니다.

햄릿 그럼 아주 잘 왔네.

길던스턴 그런 인사는 이 자리에 적절하지 않습니다. 사리에
맞게 대답해 주시면 어머니 분부를 전해 드리겠습니다.
그렇지 않다면 저는 이만 물러갈까 합니다. (절하고 돌아
선다.)

햄릿 그렇게 할 수는 없네.

로젠크란츠 무슨 말씀이신지요?

햄릿 사리에 맞게 대답하는 것 말일세. 나는 머리가 완전히
돌았어. 내가 할 수 있는 대답이라면 기꺼이 해 주지. 자
네 소원, 어머니 소원대로 말일세. 용건을 말하게. 어머
니가 지금 어떻다는 건가?

로젠크란츠 어머니 말씀을 아뢰겠습니다. 왕자님의 당돌한
행동에 왕비 마마께서 놀라셨다 합니다.

햄릿 기특한 자식이군. 어머니를 그리도 놀라게 하다니! 어
머니가 그렇게 놀라셔서 어떻게 됐다는 건가?

로젠크란츠 왕비 마마께서 주무시기 전에 하실 말씀이 있다
합니다.

햄릿 알았네. 지금보다 열 곱절은 어머니다운 어머니라고 여
기고 복종하겠네. 무슨 용건이 더 있나? 어서 말하게.

로젠크란츠 예전에는 왕자님께서 저를 무척 사랑해 주셨습
니다.

햄릿 지금도 마찬가지야. 손버릇 나쁜 두 손에 걸고 맹세하
네.

로젠크란츠 부탁드립니다. 요즘에 슬픔에 젖는 까닭을 말씀
해 주십시오. 친구에게조차 불쾌하신 속마음을 숨기는
건 스스로 자유를 버리고 방 안에 갇히는 것과 같습니
다.

햄릿 내 청운의 꿈이 사라져 그런다네.

로젠크란츠 무슨 말씀입니까. 폐하께서는 왕자님을 덴마크
왕위의 계승자로 정하셨다고 말씀하셨습니다.

햄릿 그야 그렇지. 하지만 '풀이 자라기를 기다리다 달이 굶
어 죽고…….' 하긴 이 속담도 너무 오래된 거야.
(배우들이 피리를 들고 등장)

햄릿 피리가 있군. 나도 하나 주게. 그런데 자네들은 어쩌자
고 나를 떠보는가? 나를 덫으로 몰아넣어야 속이 시원
하겠나?

길던스턴 죄송합니다. 제가 무엄했다면 그건 왕자님에 대한
충정 때문입니다.

햄릿 무슨 소리야? 잘 모르겠군. 피리 좀 불어 보게.

길던스턴 전 피리를 불 줄 모릅니다.

햄릿 한 번만 불어 보게.

길던스턴 정말 불 줄 모릅니다.

햄릿 부탁한다니까.

길던스턴 용서하십시오. 이걸 만진 적도 없습니다.

햄릿 거짓말하는 것보다 어렵지 않네. 구멍을 다섯 손가락으
로 막고 입을 대. 입으로 바람만 불어 넣으면 된다네. 근
사한 음악이 흘러나올 테지. 여기 봐. 이게 그 구멍이야.

길던스턴 손을 잘 놀려야 좋은 소리가 나오지 않습니까. 저는
그런 재주가 없습니다.

햄릿 자네는 나를 무엇으로 알고 있나? 나를 피리로 삼아 불
어 볼 속셈이었나? 구멍을 잘 아는 척, 내 마음속 비밀,
알맹이를 빼내려고! 높은음, 낮은음, 내 심금을 울리려
는 심사였나? 이 작은 악기 속에는 아름다운 가락과 절

묘한 음악이 들어 있지. 그러면서 피리를 불 줄 모른다? 이 사람아! 나를 다루기가 피리 불기보다 쉬울 줄 알았나? 나를 무슨 악기로 취급해도 상관없네. 하지만 무슨 소리가 나게 하지는 못할 걸세. 화를 내게 할 수는 있어도 말이야.

(폴로니어스 등장)

햄릿 무슨 일이오?

폴로니어스 왕비 마마께서 하실 말씀이 있다고 합니다.

햄릿 경은 저 낙타처럼 생긴 구름이 보이오?

폴로니어스 예, 영락없는 낙타 모양이군요.

햄릿 아니야. 족제비 같은데.

폴로니어스 그렇습니다. 족제비 같습니다.

햄릿 그러고 보니 고래 같지 않소?

폴로니어스 고래 같군요.

햄릿 그럼 어머니를 알현한다고 전하시오. (방백) 이것들이 사람을 조롱해도 정도가 있지. (큰 소리로) 곧장 간다고 전하시오.

폴로니어스 예, 그렇게 전하겠습니다.

(폴로니어스 퇴장)

햄릿 곧장 간다고 말하는 건 어렵지 않아. 그럼 다들 둘러가

거라.

(햄릿만 남고 모두 퇴장)

햄릿 지금은 한밤중. 마녀들이 활개 치는 시각이지. 무덤이 입을 벌리고, 지옥이 세상을 향해 독기를 내뿜을 그런 시각. 지금이면 나도 사람이 뜨거운 피를 흘리게 할 수 있을 것 같다. 낮에는 사지가 떨려 엄두도 못 낼 그런 무서운 행동도 저지를 수 있을 것 같다. 하지만 우선 어머니께 가 보자. 오, 내 마음아! 천륜의 정을 잃지는 마라. 폭군 네로 같은 영혼을 이 착한 가슴에 끌어들이지 말자. 모자의 정을 잊지 말자. 혀끝으로 어머니의 가슴을 찌를지언정, 칼을 쥐어서는 안 된다. 이 일에 대해서만큼은 내 혀와 영혼이 서로 등을 돌리기를……. 거친 말로 책망을 할지언정. 나의 영혼이여, 그 말을 실행하는 것에 동의하지 마시오.

(햄릿 퇴장)

3장

(왕, 로젠크란츠, 길던스턴 등장)

클로디어스 이제 햄릿은 꼴도 보기 싫다. 미치광이를 이렇게 방치하는 건 위험한 일이야. 너희는 곧 떠날 준비를 하라. 햄릿을 영국으로 보내도록 위임장을 만들어 주겠다. 함께 출발하라. 이래서야 국정이 편안할 날 있겠는가. 왕자의 광기로 위험이 다가오는데……. 옆에 두고 있을 수가 없다.

길던스턴 떠날 준비를 하겠습니다. 폐하께서는 모든 백성을 안전하게 보살피려 하십니다. 거룩하고 섬세한 배려라 생각합니다.

로젠크란츠 평범한 개인도 위험을 피하기 위해서는 온 힘을

다해 대비해야 합니다. 그런데 전하의 안위에는 이 나라
백성들의 목숨이 달려 있습니다. 더욱 조심하심이 마땅
할 줄 압니다. 왕자님의 불행은 옥체 한 몸에 그치지 않
습니다. 그것은 소용돌이와 같아 주위의 모든 것을 끌어
들이고 말 것입니다. 산꼭대기에 놓인 큰 수레바퀴와 같
다고 할까요. 큰 바큇살에 수많은 운명이 부속물처럼 매
여 있습니다. 수레바퀴가 산꼭대기에서 굴러떨어지는
날이면, 거기에 매달린 온갖 목숨이 산산조각이 나 흩어
질 것입니다. 왕의 탄식은 만백성의 신음입니다.

클로디어스 빨리 준비해 떠나라. 위험한 것에는 족쇄를 채워
야 하는 법!

로젠크란츠 서두르겠습니다.

(로젠크란츠, 길던스턴 퇴장)

(폴로니어스 등장)

폴로니어스 햄릿 왕자님께서 왕비 마마께 가시나 봅니다. 신
은 커튼 뒤에 숨어 주고받는 얘기를 들어 보겠습니다.
왕비 마마께서 꾸중하실 것은 틀림없사옵니다. 하오나
폐하의 말씀도 지당하신 말씀입니다. 왕비 마마 외에 다
른 사람이 엿듣는 것이 좋을 것 같습니다. 왕비께서 모
자의 정을 이기지 못할 수 있으니까요. 소인은 물러가겠

습니다. 폐하께서 침전에 드시기 전에 찾아뵙고 그 결과
를 전하겠습니다.

클로디어스 폴로니어스 경, 수고가 많소.

(폴로니어스 퇴장)

클로디어스 죄악의 악취가 하늘을 찌른다. 형제를 죽여 인류
최초의 저주를 받은 카인의 범죄, 내가 그 저주를 받는
구나! 기도를 드리고 싶은 마음이 간절하다. 정작 기도
를 드릴 수는 없구나. 모두 헛수고야. 죄책감이 밀려온
다. 양다리를 걸친 사람처럼 어디서부터 시작해야 할지
망설이다 아무것도 못하고 마는구나. 내 손에 형의 피가
엉겨 붙어 두꺼워졌다 할지라도, 이 저주받은 손에 하느
님이 자애로운 비를 내려 주셔서 눈처럼 희게 씻어 줄
수는 없을까? 죄인을 구제해 주지 못하는 신이 어찌 자
비롭다고 할 수 있을 것인가? 저지른 죄악을 용서해 주
는 공덕이 있기에 우리가 신께 기도를 드리는 것 아닌
가? 그렇다면 나도 희망을 가지고 하늘을 우러러볼 수
있으리라. 하지만 내 죄는 이미 저질러진 것. 어떤 기도
를 드려야 알맞을까? '비열한 살인죄를 용서하소서!'라
고 할까? 아니야. 나는 살인의 결과로 얻은 이득을 움켜
쥐고 있지 않은가. 왕관과 야망, 그리고 왕비를 손아귀

에 넣고 흥청대고 있지 않은가? 죄로 말미암아 얻은 소득을 짊어진 채 죄를 용서받을 수 있을까? 이 곪은 세상에서는 죄로 더럽혀진 손도 황금으로 덧칠하면 정의를 밀쳐 낼 수 있지. 부정하게 모은 재물로 국법을 매수하는 것쯤이야 식은 죽 먹기지. 하지만 천국에서는 그런 일이 절대로 통할 수 없어. 기만은 통하지 않아. 하느님 앞에서 우리 행위는 있는 그대로 드러나게 마련이지. 우리는 자신의 죄와 마주 대하면서 모든 죄를 일일이 실토할 수밖에 없지 않은가. 그렇다면 어떡해야 한다? 앞으로 어떻게 해야 할까? 그래, 참회하자. 참회하면 될 것 아닌가. 하지만 참회할 수 없는 경우에 어떻게 한다? 이 비참한 심정! 오오, 죽음처럼 어두운 가슴속! 덫에 걸린 새 같은 내 영혼이여! 덫에서 빠져 나오려고 파닥거릴수록 더더욱 꼼짝할 수조차 없구나! 천사여, 날 도와주오! 그래, 어디 해 보자. 자, 무릎이여, 꿇을지어다. 강철같이 굳은 심장아, 갓난아기의 근육처럼 부드러워지렴. 그저 모든 것이 다 잘 되기를……. (무릎을 꿇는다.)

(햄릿 등장)

햄릿 (복도 입구에서) 기회는 지금이다. 저자가 기도를 드리는 동안…… 단칼에 해치우자. (칼을 빼 든다.) 그렇게 하

면 저자를 천당으로 보내고 나는 원수를 갚게 돼지 않는
가. 가만있자, 이건 생각해 볼 문제 아닌가. 저 악당이 나
의 아버지를 살해했는데 그 보답으로 외아들인 나는 복
수랍시고 저 악당을 천국으로 보낸다? 안 된다! 이건 복
수가 아닌 사례를 해 주는 거야. 저자에게 나의 아버지
가 살해당하셨을 때, 아버지는 현세의 욕망을 그대로 짊
어진 상태였다. 죄악이 5월의 꽃처럼 만개했을 때 살해
당하지 않았는가! 아버지가 저승에 가서 무슨 심판을
받을지 하느님 외에는 아무도 알 수 없지 않은가? 하지
만 아무리 생각해도 아버지도 중형을 면하기 어려웠을
거야. 하지만 저자가 저렇게 기도하면서 영혼을 깨끗이
씻고, 천국행 준비를 하는 판에 죽여 버린다? 이게 바로
내가 원한 복수인가? 천만에! 그렇게 할 수는 없어. (칼
을 도로 집어넣는다.) 칼이여, 다시 돌아가라. 조금 더 끔찍
한 순간을 기다려라. 왕이 만취해 잠들었을 때 노여움
에 치를 떨 때, 이불 속에서 쾌락을 탐닉할 때, 도박을 하
거나 거친 욕설을 퍼부을 때, 구원받을 희망이 없는 못
된 짓을 하고 있을 때, 그때 행동하자. 그러면 저자는 천
당을 발뒤꿈치로 걷어차고, 깜깜한 지옥으로 가 버릴 것
이다. 지옥만큼 영혼이 시커멓게 그을려 굴러 떨어질 것

이다. 어머니가 기다리겠지. 네가 지금은 기도하고 있지
만, 그건 네 고통을 길게 끌고 갈 뿐이다.

(햄릿 퇴장)

클로디어스 말은 하늘로 올라간다. 생각은 그대로 지상에 남
는다. 생각이 담기지 않은 빈말이 어찌 하늘에 닿을 수
있으랴.

(왕 퇴장)

4장

(왕비, 폴로니어스 등장)

폴로니어스 햄릿 왕자님께서 오십니다. 왕비 마마, 따끔하게 타이르십시오. 장난이 지나치면 참는 것도 한도가 있는 법이지요. 마마께서 중간에 심려가 크셨다고 말씀하십시오. 신은 여기 숨어 듣겠습니다. 따끔하게 말씀하셔야 합니다.

햄릿 (밖에서) 어머니!

거트루드 내 염려는 마시오. 숨기나 해요. 왕자가 오고 있소.

(폴로니어스, 휘장 뒤로 숨는다.)

(햄릿 등장)

햄릿 무슨 일이십니까?

거트루드 햄릿, 너 때문에 전하께서 무척 화가 났다.

햄릿 제 아버지는 어머니 때문에 화가 나셨지요.

거트루드 그런 말도 안 되는 소리가 어디 있느냐?

햄릿 어머니 질문이 더 사악합니다.

거트루드 도대체 무슨 말이냐, 햄릿?

햄릿 무슨 말이냐고요?

거트루드 너는 이 어미조차 잊었단 말이냐?

햄릿 천만에요. 십자가를 걸고 맹세합니다. 왕비 마마이고, 시동생의 아내입니다. 이 모든 것이 사실이 아니라면 좋았을 저의 어머니고요.

거트루드 네가 이렇게 나온다면 너를 정말로 꾸짖을 수 있는 사람들을 불러와야겠다.

햄릿 이리 앉으세요. 움직이지 마세요. 제가 거울로 어머니의 마음속을 보여 드릴 테니까요. 그때까지는 한 발자국도 떠나지 못합니다.

거트루드 어쩔 셈이냐? 날 죽일 작정이냐? 이봐라, 사람 살려!

폴로니어스 (휘장 뒤에서) 큰일이구나, 누구 없느냐. 사람 살려, 사람 살려!

햄릿 (칼을 빼 들고) 이건 뭐야! 쥐 새끼인가? 죽어라. (휘장 속으로 칼을 찔러 넣는다.)

폴로니어스 (쓰러지면서) 아이고, 나 죽는다!

거트루드 이게 무슨 짓이냐?

햄릿 모르겠습니다, 저도 모르겠어요. 왕인가요? (휘장을 들춘다. 폴로니어스가 죽어 있다.)

거트루드 이 무슨 끔찍한 짓이냐!

햄릿 끔찍한 짓이라고요? 어머니, 왕을 죽이고 왕의 동생과 결혼한 것만큼이나 끔찍한 일이지요.

거트루드 왕을 죽이다니!

햄릿 그렇게 말했습니다. (폴로니어스의 시체를 가리키면서) 멍청한 인간 같으니. 아무 데나 나서서 참견하더니 이 꼴이 됐구나. 잘 가라! 나는 네가 더 높은 상전인 줄 알았다. 이것도 네 팔자지. 이젠 잘 알았겠지. 경망스럽게 행동하면 위험해진다는 걸. (휘장을 놓고 왕비를 향해) 손만 쥐어짜지 마세요. 고정하시고 자리에 앉으십시오. 제가 그 가슴을 쥐어짜 드릴 테니까요. 도리가 통하지 않을 만큼 무쇠 덩어리가 아니라면 말입니다. 설마 더러운 습관에 젖어 인간의 감정이 뚫고 들어갈 수 없게 무뎌진 건 아니시겠지요.

거트루드 어미가 무엇을 어쨌다고, 네가 눈을 부릅뜨고 대드
　는 거냐?

햄릿 자세히 말씀드리지요. 당신은 염치를 떼어 내고, 미덕
　을 위선이라 불렀지요. 청순하고 아름다운 이마에서 장
　미꽃을 떼어 버리고, 장미꽃을 뗀 자리에 매춘부의 흔적
　을 남겼지요. 결혼의 맹세를 도박꾼들의 약속처럼 거짓
　되게 만들었습니다. 어머니는 부부의 약속에서 영혼을
　없애 버렸어요. 신에게 맹세한 서약을 광대극으로 만들
　었습니다. 하늘도 그 행동에 격분해서 낯을 붉히고, 반
　석 같은 대지도 최후의 심판이 다가온 것처럼 수심에 잠
　겨 떨고 있습니다.

거트루드 도대체 내가 무슨 행동을 했기에 이리도 소리를 지
　르는 거냐?

햄릿 어머니, 이 그림을 보십시오. 그리고 또 이 그림을 보시
　고요. 두 형제를 그린 초상화입니다. 이 이마에 서린 기
　품을 보십시오. 아폴로같이 물결치는 머리카락, 주피터
　같은 이마, 주위를 위압하는 군신 마르스와 같은 눈빛,
　전령의 신 머큐리가 하늘을 찌를 듯한 산봉우리에 막 내
　려선 것 같은 모습을 말입니다. 이런 미덕을 한 몸에 갖
　추고 하늘의 신들이 진짜 남자를 세상에 보여 주기 위

해 본보기로 만들었던 바로 이분이 어머니 전 남편이셨습니다. 그럼 이번에는 이 초상화를 보십시오. 이자가 현재 당신의 남편입니다. 건강한 형을 병든 보리 이삭처럼 말려 죽인 인간입니다. 눈이 있으면 보세요. 어머니는 아름다운 산, 먹이가 풍부한 숲을 버리고 이 수렁에 내려와서 눈을 붉히며 먹이를 찾은 겁니다. 과연 눈이 있기는 있습니까? 이걸 사랑이라 부르지는 마십시오. 어머니 연세쯤이면 불같은 욕정도 식고 겸손해지며 분별력이 생기는 법입니다. 그런 분별이 있다면 이곳에서 이곳으로 자리를 옮길 수 있겠습니까? 어머니는 욕정이 있는 걸 보니 감각도 있을 겁니다. 그 감각이 이제 마비되어 버린 겁니까? 어떤 미치광이라도 이런 실수를 저지르지는 않을 겁니다. 아무리 미쳤다고 해도, 아무리 감각이 사라진다 해도 이런 차이를 구분하지 못할 정도로 분별을 잃진 않았을 겁니다. 이런 어리석은 것을 저지르다니, 대낮에 도깨비에게 홀려 장님이라도 됐나요? 촉각이 없으면 눈이 있을 거고, 시각이 없으면 촉각이라도 있을 거고, 손과 눈이 없어도 귀가 있고, 다른 감각이 없다면 코라도 있을 것 아닙니까? 최소한의 감각이 남아 있다면 이런 바보 같은 행동을 할 수는 없을 거예요.

수치스럽습니다. 당신의 체면은 어디로 갔는가? 이 더러운 욕정아, 늙은 어미의 몸을 흔들 수 있다면 피 끓는 청춘에게는 절개와 도덕 따위가 양초처럼 불에 녹아 없어지게 하라. 타오르는 젊음이 욕정의 불길 속에 뛰어들어 온몸을 완전히 싹 태워 없앤다고 한들 부끄러울 것도 없다. 차가운 서리까지 불처럼 타오르고, 이성이 정욕을 부추기는 판이다.

거트루드 햄릿! 그만하렴. 네 말을 들으니 내 눈이 영혼을 굽어보게 되는구나. 아무리 해도 지워지지 않는, 더럽혀진 영혼의 얼룩을 말이다.

햄릿 절대로 지울 수 없습니다. 더럽고 역겨운 땀내가 범벅이 되고, 기름이 번질거리는 이불에 들어가 더러운 돼지 같은 놈과 다정한 얘기를 주고받을 테니.

거트루드 제발 그만. 네 말이 비수처럼 귀를 찌르는구나. 그만해 다오, 햄릿.

햄릿 살인자에 악당. 선왕의 발가락 때만도 못한 악당. 왕의 탈을 뒤집어쓴 광대 자식. 나라의 영토와 왕위를 훔쳐간 도둑놈. 무엄하게도 선반 위에서 귀중한 왕관을 훔쳐 자기 주머니에 처넣은 놈.

거트루드 제발 그만.

햄릿 넝마를 두른 거지 왕초.

　（유령 등장）

햄릿 하늘의 천사들이여, 나를 구원하소서. 하늘의 날개로 나를 덮어 주시오. 이곳에 어찌 오셨습니까?

거트루드 왕자가 미쳐 버렸구나.

햄릿 저를 꾸짖으러 오셨나요? 이 게으른 아들이 어굴대며 때를 놓치고 꾸물댄다고 꾸짖으러 오셨나요? 때를 놓치고, 감정도 식고. 당신의 명령을 시행하지 못하는 이 자식 말입니다. 말씀해 주십시오.

유령 잊지 마라! 내가 찾아온 것은 무뎌진 네 결심을 새롭게 하기 위함이다. 하지만 봐라. 네 어미가 저렇게 겁을 먹고 떨지 않느냐? 어머니 영혼의 번뇌를 덜어 드려라. 상상은 가장 약한 몸에서 가장 강한 힘으로 작용하는 법. 햄릿! 어머니께 말을 걸어 드려라.

햄릿 왕비 마마, 어떠십니까?

거트루드 아, 너야말로 어떤 상황이니? 눈을 부릅뜨고 허공을 바라보며, 텅 빈 공기와 얘길 하다니? 네 눈에 광기가 있어. 곱게 빗은 너의 머리카락이 마치 졸다가 놀라 깨어난 병사처럼 곤두서 있구나. 내 착한 아들 햄릿 진정해. 열에 들뜬 네 마음에 인내심을 되찾아 다오. 어딜 그렇게 보는 거냐?

햄릿 저기를 보세요! 창백한 얼굴로 이쪽을 노려보지 않습니까? 저 모습, 가슴에 사무치는 저 원통한 사연을 들으면 아마 목석도 감동할 겁니다. 저를 노려보지 마세요. 그렇게 애처로운 표정을 지으면 저의 굳은 결심도 꺾이고 말 것입니다. 그렇게 되면 눈앞에 큰일을 두고도 시행하지 못하고, 피를 흘려야 할 제가 대신 눈물을 흘리게 될 것 같습니다.

거트루드 도대체 누구를 보고 말하는 거냐?

햄릿 보이지 않습니까?

거트루드 안 보인다. 뭐가 보인다는 거냐?

햄릿 아무 소리도 안 들립니까?

거트루드 우리 두 사람의 말소리뿐이다.

햄릿 저기를 보세요, 저기를! 소리도 없이 사라지지 않습니까? 아버지 생전 그 모습 그대로입니다. 저기를 한번 보세요. 지금 떠나고 있습니다. 이미 문밖으로 떠났습니다.

(유령 퇴장)

거트루드 망상일 뿐이야! 실성하면 그런 환상을 보게 되는 거야.

햄릿 실성? 제 맥박은 어머니와 다르지 않습니다. 힘차고 고
르게 뛰고 있습니다. 미쳐서 하는 소리가 아니에요. 조
금 전에 한 말을 다시 하겠습니다. 미쳤다면 그대로 못
할 테니. 어머니, 부탁합니다. 양심에 위안의 고약을 바
르지 마세요. 저의 미친 탓으로만 돌리지 마세요. 고약
은 종기의 겉을 덮어 줄 수 있을 뿐입니다. 그 아래 독기
가 점점 살 속으로 번져 들어가 자기도 모르게 온몸이
썩고 맙니다. 하느님 앞에서 과거의 죄를 고백하고 참회
하세요. 과거를 뉘우치고 미래의 죄악을 피하세요. 죄악
의 잡초에 비료를 뿌려 더욱 악하게 만들지 마세요. 무
엄하게 직언하는 것을 용서해 주세요. 요즘같이 타락한
세상에서 정의가 부정에게 용서를 빌어야 하는 실정이
지요. 바른 말을 하는 데도 머리를 숙이고 비위를 맞추
어야 하는 판이니까요. 그렇기 때문에 이렇게 용서를 구
하는 겁니다.

거트루드 햄릿, 네가 내 심장을 둘로 쪼개 놓는구나.

햄릿 정 그러시다면 나쁜 쪽 심장은 도려내고 나머지 반쪽
으로 좀 더 깨끗하게 살아가세요. 안녕히 주무세요. 하
지만 숙부의 침실로는 가지 마세요. 정절이 없거든 있는
척이라도 하세요. 습관이라고 하는 괴물은 악습을 집어

삼키고 인간의 감각을 무디게 합니다. 하지만 동시에 천사 같은 면도 있습니다. 늘 점잖고 착하게 행동하면 어느새 몸이 따라 하게 마련입니다. 오늘 밤만 참아 보세요. 내일 밤은 조금 더 쉬울 테니까요. 그다음은 더더욱 쉬울 겁니다. 습관은 인간의 천성을 바꿀 수 있지요. 그렇기 때문에 악마를 우리 정신 밖으로 내쫓을 힘을 가지고 있는 겁니다. 안녕히 주무세요. 회개해 신의 축복을 받으십시오. 저도 어머니를 용서해 주라고 기도하겠습니다. 폴로니어스를 죽이다니. 불쌍한 일입니다. 다만 이 모든 것은 하늘의 뜻입니다. 신은 제가 이 늙은이를 죽이게 함으로써 이 노인을 처벌하셨고, 저에게도 벌을 내리셨습니다. 시체는 제가 처리하겠습니다. 이 사람을 죽인 책임도 제가 지겠습니다. 안녕히 주무세요. 자식의 도리로 제 이야기가 가혹한 것 같지만 어쩔 수 없습니다. 이건 나쁜 일의 시작일 뿐입니다. 이제 더 나쁜 일들이 남아 있습니다. 하나만 더 말씀드리겠습니다, 왕비 마마.

거트루드 어떡하라는 거냐?

햄릿 제가 한 얘기는 모두 잊어버리세요. 돼지 같은 왕이 유혹하거든 다시 그 이불 속으로 들어가세요. 그래서 볼을 음탕하게 꼬집고, 귀염둥이 생쥐라고 부르게 하세요. 냄새 나는 입을 갖다 대고, 징그러운 손가락으로 믁덜미를 애무해 주거든 방금 그 이야기를 전부 일러바치세요. 햄릿은 미친 게 아니고 미친 척하는 거라고. 왕에게 사실대로 말씀하시는 게 유리할 거예요. 아무리 아름답고 현명한 왕비라도 이 같은 중대사를 어떻게 숨길 수 있겠습니까? 상대는 마녀의 앞잡이인 두꺼비, 박쥐. 고양이인데 말입니다. 어림도 없습니다. 분별이나 비밀 따위가 다 무슨 소용입니까. 지붕에 걸어 둔 새장에서 새들을 날려 보내세요. 원숭이처럼 나도 한번 해 본다고 새장에 들어가 뛰어내리다가 목뼈나 부러뜨리시지요.

거트루드 걱정하지 마라. 사람의 말이 숨결에서 나오고, 숨결이 목숨에서 나온다면 네가 한 말을 꺼낼 목숨이 내게는 없단다.

햄릿 제가 영국에 가게 됐습니다. 아시나요?

거트루드 잊고 있었구나. 그렇게 됐다고 하더라.

햄릿 친서는 이미 봉인돼 있습니다. 독사만큼이나 믿음직스러운 동창 두 명이 어명을 받았습니다. 이 녀석들이 저를 함정으로 몰고 갈 모양입니다. 어디 해 보라지. 제 손으로 묻은 지뢰에 몸이 터져 공중에 날아오르는 꼴도 재미있겠지요. 두고 보세요. 저는 그놈들이 지뢰를 묻는 곳보다 더 아래를 파고들어 그들을 달나라까지 날려 보낼 겁니다. 신나겠군. 원수는 외나무다리에서 만난다고 하지 않나요. 어머니, 그럼 정말 안녕히 주무세요. 이 영감을 이제 처리해야겠는데 아주 벙어리가 됐군. 아주 조용하구면. 살아생전에는 그리도 어리석은 수다쟁이더니. 이리 오너라. 너와의 일을 끝내야지. 안녕히 주무세요, 어머니.

(햄릿, 폴로니어스의 시체를 끌고 퇴장)

1장

(왕, 로젠크란츠, 길던스턴 등장)

클로디어스 한숨, 탄식. 무슨 일이 있었구려. 그 까닭을 말해
보시오. 나도 알고 싶소. 햄릿은 어디 있소?

거트루드 두 사람은 자리를 비켜 주시오.

(로젠크란츠, 길던스턴 퇴장)

거트루드 전하, 오늘 밤 끔찍한 일이 벌어졌습니다!

클로디어스 무슨 일이오? 햄릿은 어떻게 됐소?

거트루드 완전히 실성했습니다. 바다와 바람이 싸워 누구 힘
이 더 센지 겨루는 것처럼 광란을 피웠습니다. 그는 벽
휘장 사이로 인기척을 듣고는 칼을 빼 들고 미친 사람처
럼 "쥐 새끼다, 쥐 새끼!" 하고 외쳤습니다. 휘장 뒤에 숨

어 있던 노인은 살해당했습니다.

클로디어스 이럴 수가! 나도 그 자리에 있었다면 봉변을 당할 뻔했군. 햄릿을 이대로 그냥 두었다간 큰일 나겠소. 당신은 물론 나도 마찬가지요. 이런 참사에 대해 무슨 변명을 한단 말인가? 결국 세상은 나를 원망할 텐데. 이 젊은 미치광이를 앞서 경계해 감금하고 사람들 앞에 다니지 못하게 해야 했는데. 햄릿을 너무나 사랑하다 보니 제일 나은 방법을 회피하고 말았소. 고질병을 가진 것처럼 소문이 날까 봐, 쉬쉬하다가 자기 목숨을 줄인 꼴이지 뭐요. 도대체 햄릿은 어딜 갔소?

거트루드 자신이 죽인 시체를 끌고 갔습니다. 돌 속에 순금이 들어 있는 것처럼, 광기를 부리는 중에도 한 줄기 맑은 정신이 남아 있는 모양입니다. 회개의 눈물을 흘리더군요.

클로디어스 먼동이 트는 대로 햄릿을 배에 태워 떠나보내야겠소. 이번 일은 과인의 권위와 계책으로 입막음을 할 수밖에 없겠소. 여봐라! 길던스턴!

(로젠크란츠, 길던스턴 등장)

클로디어스 두 사람은 어서 가서 몇 사람 더 불러서 도와줘야겠다. 햄릿이 미쳐 날뛰다가 그만 폴로니어스를 죽이고

말았다. 지금 시체를 끌고서 어디로 간 모양인데. 당장
가서 햄릿을 찾거든 잘 타일러서 시체를 성당으로 옮기
도록 하라. 무척 수고스럽지만 서둘러 다오!

(로젠크란츠, 길던스턴 퇴장)

클로디어스 거트루드, 어서 갑시다. 믿을 만한 중신들을 불러
대책을 얘기해야겠소. 독기 어린 비방의 화살은 대포알
처럼 지구 끝까지 날아가는 법이오. 미리 손을 써야 과
인의 명성이 다치지 않을 것이오. 들어갑시다! 나는 지
금 마음이 어지럽고 불안할 뿐이오.

(왕, 왕비 퇴장)

2장

(햄릿 등장)

햄릿 잘 처리했군.

로젠크란츠, 길던스턴 (밖에서) 햄릿 왕자님!

햄릿 무슨 소리야? 누가 날 부르는 건가? 아, 저기 오는군.

(로젠크란츠, 길던스턴, 호위병 등장)

로젠크란츠 햄릿 왕자님. 시체는 어떻게 했습니까?

햄릿 먼지와 섞었다네. 둘은 친척 관계 아닌가?

로젠크란츠 어디 두셨는지 알려 주십시오. 시신을 교회당에
안치하겠습니다.

햄릿 믿지 말게.

로젠크란츠 무슨 말씀입니까?

햄릿 내가 자네들 비밀을 지켜 주고, 내 비밀을 자네들에게

다 털어놓을 거라고 말일세. 왕의 아들인 내가 해면 같
은 족속들에게 질문을 받고 함부로 대답할 줄 달았나?
어림없지.

로젠크란츠 해면 같은 족속이라고요?

햄릿 그렇고말고. 임금의 총애를 빨아들이고 있지 않나. 왕
이 주는 보상과 권세 말이야. 왕에게도 자네 같은 신하
가 필요할 테지. 원숭이가 입안에 사과 한 쪽을 물고 있
는 것처럼. 필요하면 꿀꺽 삼키는 거야. 자네들에게 보
상과 권세를 안겨 주었다가 필요할 때 다시 쥐어짜는 거
야. 그럼 자네들은 다시 비틀어지겠지.

로젠크란츠 무슨 말씀인지 모르겠습니다.

햄릿 반가운 얘기야. 아무리 독설을 해도 알아듣지 못하니.

로젠크란츠 이제 시체를 어디에 뒀는지 알려 주시지요. 어전
으로 가야 합니다.

햄릿 시체는 왕과 함께 있다. 하지만 지금 왕은 시체와 함께
있지 않아. 워낙 시시한 물건이라서.

길던스턴 물건이라고요?

햄릿 하찮다는 이야기네. 이제 나를 어전으로 데려가기.

(퇴장)

3장

(왕, 신하들 등장)

클로디어스 햄릿을 찾고, 시신을 찾도록, 사람들에게 일러 놓
았소. 햄릿을 마음대로 돌아다니게 하는 건 위험하오.
엄벌을 내릴 수도 없고. 어리석은 대중이 그를 사랑하고
있으니. 대중은 이성으로 판단하지 못하고 눈으로만 정
의를 간주하오. 죄인이 저지른 죄는 생각지 않고 그가
받는 형벌을 보며 동정하지. 햄릿을 나라 밖으로 내보낼
수밖에. 고심해 결정한 것처럼 꾸며야 하오. 병은 비상
한 처방으로 치료할 수밖에 없는 법. 다른 방법이 없소.
(로젠크란츠, 다른 사람들 등장)

클로디어스 어떻게 됐나?

로젠크란츠 시신을 감추어 둔 장소를 물었습니다. 대답해 주

시지 않았습니다.

클로디어스 왕자는 어디 있는가?

로젠크란츠 집 밖에 계십니다. 호위를 받으며 명을 7 다리고 있습니다.

클로디어스 왕자를 데려오너라.

로젠크란츠 이보게! 왕자님을 모셔 오게.

(햄릿, 호위병들 등장)

클로디어스 폴로니어스를 어디에 뒀나?

햄릿 저녁 식사 중입니다.

클로디어스 식사 중이라고? 어디에서?

햄릿 그는 저녁을 먹고 있는 게 아닙니다. 먹히고 있지요. 교활한 구더기 같은 정치꾼들이 그를 뜯어 먹는 중입니다. 구더기는 먹는 일만큼은 으뜸이지요. 우리 인간은 자신이 살찌기 위해 다른 동물을 살찌워 잡아먹습니다. 우리는 자신을 살찌운 다음 구더기에게 먹힙니다. 뚱뚱한 왕이나 마른 거지나 요리의 종류만 다르지요. 구더기의 식탁에 오른다는 점에서는 같습니다.

클로디어스 한심하구나!

햄릿 왕을 뜯어먹은 구더기를 미끼로 물고기를 낚고, 그 구더기를 먹은 물고기를 사람이 먹고. 순환하는 겁니다.

클로디어스 도대체 무슨 얘기냐?

햄릿 왕이라 해도 거지 배 속을 가로지를 수 있다는 말씀입니다.

클로디어스 폴로니어스는 어디 있느냐?

햄릿 하늘로 사람을 보내 알아보시지요. 거기서 그를 찾지 못하거든 전하께서 몸소 다른 곳을 찾아보십시오. 이번 달 안으로 그를 찾지 못한다면, 전하께서 접견실로 통하는 계단을 올라갈 때 그의 냄새를 맡게 될 겁니다.

클로디어스 (시종들에게) 그를 찾아봐라.

햄릿 서두를 필요 없어. 거기서 기다리고 있을 테니.

(시종들 퇴장)

클로디어스 햄릿, 네가 저지른 일은 유감이다. 네 신변의 안전을 위해서 일이 이렇게 된 바에는 이곳을 서둘러 떠나야겠다. 서둘러 준비하라. 이미 배도 준비됐고, 바람도 방향이 맞는구나. 부하도 있다. 준비는 끝났다.

햄릿 영국행이라고요?

클로디어스 그렇다.

햄릿 좋습니다.

클로디어스 그래, 내 목적을 알면 마땅히 그래야지.

햄릿 그 목적을 아는 천사가 제 눈에도 보입니다. 떠나자! 영국으로! (절하며) 안녕히 계십시오, 어머니.

클로디어스 너의 아비에게도 인사하라.

햄릿 어머니면 충분합니다. 아버지와 어머니는 남편과 아내입니다. 남편과 아내는 일심동체입니다. 그러니 어머니에게만 인사하면 됩니다. 가자! 영국으로!

(햄릿 퇴장)

클로디어스 (로젠크란츠, 길던스턴에게) 뒤를 따라가라. 그를 배에 태워라. 그를 오늘 밤 안으로 떠나보내라. 모든 준비는 끝났다. 당부하겠다. 조금 더 서둘러 다오.

(왕만 남고 모두 퇴장)

클로디어스 영국 왕이여, 그대가 나의 호의를 조금이타도 존중하기를. 충분히 알고 있겠지. 덴마크 군대의 창과 칼이 휩쓸고 간 상처가 아직 생생할 터인데, 그대는 자진해 내게 조공을 바치고 있다. 지금 나의 명을 소홀히 여겨서는 안 된다. 햄릿이 거기에 도착하거든 바르 죽여 없애라. 영국 왕이여! 내 친서를 읽거든 반드시 실행하라. 그는 핏속의 열병처럼 발악한다. 그대가 나를 치료해야겠다. 이 일이 성사되기 전까지는, 그 어떤 행운이 온다 해도 나는 기뻐하지 않을 것이다.

(퇴장)

4장

포틴브라스 부대장, 가시오! 덴마크 왕에게 나를 대신해 문안 인사를 하시오. 전에 협정한 대로 군대를 이끌고 덴마크 영토를 통과하려고 한다고 전하시오. 다시 만날 장소는 부대장도 잘 알고 있겠지. 덴마크 왕께서 나를 보고자 한다면 직접 찾아뵙겠다고 하시오.

부대장 분부대로 하겠습니다.

포틴브라스 서서히 진군하라.

햄릿 어느 나라 군대인가?

부대장 노르웨이 군대입니다.

햄릿 출정 목적이 무엇이오?

부대장 폴란드의 한 지역을 공격하기 위한 것입니다.

햄릿 지휘관은 누구요?

부대장 노르웨이 노왕의 조카, 포틴브라스 공입니다.

햄릿 폴란드 본토를 노리는 거요? 아니면 국경 지역인가?

부대장 솔직히 말씀드립니다. 명분 싸움입니다. 별 실역도 없는 작은 땅을 점령하러 가는 중입니다. 저라면 소작료가 5더컷만 올라도 거기선 소작하지 않을 것 같습니다. 그 정도로 보잘것없는 땅입니다. 노르웨이 왕이든 폴란드 왕이든 그걸 팔려면 그 이상 받기 어려울 겁니다.

햄릿 그러면 폴란드 사람들도 그까짓 땅은 지키려고 하지도 않겠군.

부대장 그렇지는 않습니다. 이미 수비대를 보내 지키고 있답니다.

햄릿 2,000명의 목숨과 2만 더컷의 돈을 퍼붓는다고 해도 사소한 문제 하나도 해결하지 못하리라. 나라의 번영과 평화가 지나치면 이런 종양이 생기는 법, 겉으로는 아무 증세도 나타나지 않지만, 안으로는 곪아 터져 사람들이 죽어 가지. 고생이 많소.

부대장 이만 실례합니다.

(부대장 퇴장)

로젠크란츠 왕자님, 그만 갈까요?

햄릿 내 뒤따라갈 터이니, 먼저 가게나.

(햄릿만 남기고 모두 퇴장)

햄릿 눈에 보이는 모든 것이 사사건건 나를 책망하며 복수심을 채찍질하는구나! 인간은 어떤 존재인가? 하루하루가 먹고 자는 것뿐이라면 짐승과 다를 게 무엇인가? 창조주가 인간에게 이성을 준 건 미래와 과거를 살펴보기 위함이 아닌가? 그렇다면 그 이성을 쓰지 않고 썩히는 것은 창조주의 뜻이 아니렷다. 나는 지금 어떠한가? 짐승처럼 모든 것을 망각한 것일까? 아니면 비겁한 망설임 때문에 일의 결과를 소심하게 염려하는 것일까? 그놈의 생각. 4분의 1만이 지혜고, 나머지 4분의 3은 비겁함에 지나지 않는 것 아닌가. 나도 모를 일이다. '이 일은 꼭 해야 한다.'라며 입으로 떠들면서도 정작 허송세월만 하고 있으니. 나에게는 그 일을 실행할 명분도 의지도 힘도 수단도 모두 다 있지 않은가. 대지처럼 거친 사례가 나를 채찍질하는구나. 저 군대를 보라. 수많은 병력과 비용을 들이지 않았나. 부대를 지휘하는 사람은 가냘 프고 젊은 귀공자 아닌가. 하지만 그의 정신은 큰 야망에 부풀어 있다. 예측할 수 없는 미래 따위는 비웃으며 한 번 죽으면 그만인 목숨을 내던져 운명과 죽음과 위험을 감수한다. 달걀 껍데기처럼 초라하고 작은 땅덩어리가 목표인데도 말이다. 위대한 행위에는 그만큼 뚜렷한 명분이 있어야 하겠지. 하지만 남자의 명예가 걸린 문제라고 하면 하나의 지푸라기를 위해서라도 죽음을 걸고 맞서 싸울 이유가 있는 것 아니겠는가. 도대체 지금 나는 무슨 꼴인가? 아버지는 살해당하고, 어머니는 더럽혀지고. 이만하면 복수를 위해 이성과 정열이 터져 나와야 할 지경이 아닌가! 그런데도 아직 결단을 못 하고 여전히 현실을 망각하는 소리만 하고 있지 않은가! 창피하지 않은가! 2만 명의 군사들이 죽음이 임박한 길로 가고 있지 않은가. 변덕스럽고 쓸모없는 명예 따위를 위해 마치 잠자리에 가듯이 무덤을 찾아가고 있다. 대군의 자웅을 겨루기에도 부족하고 전사자들을 묻을 묘지도 모자랄 좁은 땅덩어리를 위해 이렇게 싸우러 가지 않는가? 내 마음아, 잔인해져야 한다. 그것 이외에는 아무것도 생각할 것이 없다.

5장

(왕비, 시녀들, 호레이쇼, 신하 등장)

거트루드 오필리어를 만나고 싶지 않소.

신하 뵙고 싶다며 조르고 있습니다. 미쳐 버린 모양입니다.

　불쌍합니다.

거트루드 어떻게 해 달라는 거요?

신하 아버지 얘기를 합니다. 해괴한 일이 많다는 말을 해요.

　헛기침도 하고, 가슴을 치기도 하고, 사소한 일에도 버

　럭 화를 내고. 종잡을 수 없는 이상한 이야기를 중얼거

　립니다. 내용은 특별하지 않습니다. 듣는 사람들이 그

　조리 없는 말을 이어 붙여 제각각 추측하고, 자기 생각

　에 맞게 해석하는 거지요. 뭔가 불행한 사연이 쌓여 있

는 것만 같습니다.

호레이쇼 한번 만나서 이야기해 보시는 것이 좋을 듯합니다. 어리석고 위험한 무리의 마음에 이상한 상상의 씨를 뿌리게 될지 모릅니다.

거트루드 들어오게 하시오. (방백) 죄악의 본성이 본래 그러하듯이 병든 내 마음에는 하찮은 일들 하나하나가 재앙의 징조처럼 느껴지는구나. 죄 지은 마음은 두려움에 질려 떨게 되고, 뭔가 감추려고 애쓸수록 도리어 드러나게 되는 법이지.

(신사가 오필리어를 데리고 다시 등장. 오필리어는 실성해 있다. 머리는 풀어 헤쳐 어깨까지 내려오고, 손에는 류트(현악기의 일종)를 들고 있다.)

오필리어 아름다운 왕비 마마는 어디에 계신가요?

거트루드 아, 오필리어. 이게 웬일이냐?

오필리어 (노래한다.)

사랑하는 임을 어떻게 알아낼 것인가

남의 임과 나의 임을 어떻게 구분할까

모자에 지팡이 그리고 샌들을 신은

순례의 나그네가 나의 임이라오.

거트루드 가엾은 오필리어, 그 노래는 도대체 무슨 뜻이더냐?

오필리어 뜻이요? 좀 더 들어 보세요. (노래한다.)

　　나의 임은 떠나갔어요, 먼 나라로

　　임은 가셨어요, 하늘나라로

　　머리맡엔 푸른 잔디

　　발치에는 묘비석이 하나 서 있지요.

거트루드 아니, 오필리어…….

클로디어스 무슨 일이냐, 오필리어?

오필리어 예, 감사합니다. 다른 사람들이 그러는데 올빼미는 원래 빵집 딸이었대요. 정말이지 우리 인간들은 오늘 일은 알아도 내일 일은 아무것도 모른답니다. 전하의 수라 상에 신의 은총이!

클로디어스 아버지 때문에 마음이 괴로운가.

오필리어 (노래한다.)

　　내일은 밸런타인의 날

　　날이 밝으면 나는 임의 창 아래 서서

　　그대를 기다릴 거예요

　　내 임은 일어나 새 옷을 갈아입고

　　방문을 열어 주네요

　　들어갈 때는 처녀였으나 나올 땐

　　처녀의 꽃잎이 떨어졌으리.

클로디어스 불쌍한 오필리어!

오필리어 내가 왜 이렇게 주책이람. 노래나 마칠랭. (노래
한다.)

아, 슬프도다, 억울하도다

내 가슴이 아프도다

아무리 사내들 습성이라지만

너무나 얄미운 심사여라, 그대

자리에 쓰러뜨려 누일 때는

백년해로를 약속하더니

남자가 인제 와서 하는 말

그렇게 꼬리치지 않았던들

정말 부부가 될 생각이었대요.

클로디어스 언제부터 저 꼴이 됐소?

오필리어 모든 게 다 잘 풀려 갈 거예요. 그러니 모두 꼭 참아
야 해요. 하지만 사람들이 아빠를 차가운 땅속에 묻은
생각을 하면 울음이 터져요. 다들 친절하게 충고하고 염
려해 주신 것에 고마워요. 자, 마차야! 가자! 안녕히 주
무세요. 아름다운 부인들도 안녕히 주무세요, 안녕.

(오필리어 퇴장)

클로디어스 그녀 뒤를 따라가 봐라. 조금도 감시를 소홀히

말라.

(호레이쇼와 신사, 오필리어를 따라 퇴장)

클로디어스 오, 저건 슬픔이 만들어 낸 병이다. 제 아비의 죽음 때문이겠지. 저걸 좀 보시오! 아, 왕비! 슬픔은 따로 오지 않고 무리를 지어 와서 덜미를 잡는구려. 저 애 아버지가 죽더니, 다음엔 당신의 아들이 모습을 감추게 됐군. 하긴 그 애는 이 모든 불행의 씨앗이니 추방도 당연하다. 하지만 이 나라에는 폴로니어스의 죽음을 둘러싸고 온갖 소문이 파다하게 퍼져 있고, 시비가 분분하오. 과인도 경솔했던 것 같소. 시체를 그렇게 서둘러 묻어 버렸으니. 오필리어는 실성해서 이성을 잃어버리고 몰골은 허깨비나 짐승이나 다를 바가 없구려. 이제 더 중요한 일이 남아 있소. 저 애의 오라비가 프랑스에서 몰래 돌아왔다는 데도, 아직 모습을 나타내지 않고 있소. 무언가 의심하는 모양이오. 자기 아버지의 죽음에 대한 소문을 그의 귀에 속삭이는 사람들이 얼마나 많겠소? 진상이 애매할수록 과인을 비난하는 말도 금방 전해지는 법이오. 사랑하는 거트루드, 살인용 엽총의 총탄에 맞은 것 같소. 내 온몸은 앞으로 벌집이 되고 말 것 같구려!
(밖에서 시끄러운 소리가 들린다.)

거트루드 저건 무슨 소린가요?

클로디어스 (큰 소리로) 여봐라! 호위병은 어디 있는가? 입구를 지키라고 해라.

(시종 등장)

시종 폐하, 어서 자리를 피하소서! 해일이 육지를 삼켜 버리듯, 젊은 혈기로 들끓는 레어티즈가 폭도들을 거느리고 호위병들을 밀치며 들어오고 있습니다. 폭도들은 그자를 왕이라 부르고 새로운 세상이 시작되는 것처럼 날뛰고 있습니다. 이들은 전통이나 관습 따위는 모두 팽개치고 '우리가 레어티즈를 왕으로 뽑아서 모시자!'라고 외칩니다. 모자를 던지고 손뼉을 치면서요. '레어티즈를 왕으로, 레어티즈를 왕으로!'라는 소리가 하늘을 찌를 것 같습니다.

(소리가 더 커진다.)

거트루드 마구 짖어대는군. 도무지 냄새도 제대로 맡지 못하고서! 덴마크의 사냥개들이여! 도대체 짖어야 할 방향조차 알지 못하는구나!

클로디어스 그들이 문을 부쉈구나.

(레어티즈가 무장하고 방으로 뛰어든다. 덴마크의 백성들이 뒤따라 들어온다.)

레어티즈 왕은 어디 있느냐? 여러분은 밖에서 기다려 주시오.

군중 안 됩니다. 우리도 함께 들어갑시다.

레어티즈 부탁입니다. 내게 맡겨 주시오.

군중 그럽시다. 기다리겠소.

(군중이 물러간다.)

레어티즈 고맙소. 여러분은 문을 지켜 주시오. 간악한 왕, 내 아버지를 내놓아라.

거트루드 진정하라, 레어티즈.

레어티즈 나에게 피가 한 방울이라도 남아 있다면 이미 나는 아버지의 아들이 아닐 것이오. 아버지는 화냥년의 남편이 되겠지. 이는 정숙한 내 어머니의 순결한 이마에 창녀의 낙인을 찍는 것과 같은 일이오. (앞으로 뛰어온다. 왕비가 그를 가로막는다.)

클로디어스 이렇게 하는 이유가 뭔가, 레어티즈? 어째서 말도 안 되는 반란을 일으키는 것이냐? 왕비, 그의 손을 놓아 주시오. 걱정하지 마시오. 한 나라의 왕에게는 하느님의 보호 울타리가 있는 법, 반역자가 그 울타리를 넘볼 수는 있어도 손끝 하나 대지는 못할 것이오. 말하라, 레어티즈! 무슨 이유로 이리도 흥분한 것이냐. 왕비, 그를 놓아 주시오. 어서 말하라.

레어티즈 내 아버지는 어디 계시오?

클로디어스 그는 죽었다.

거트루드 하지만 그건 폐하의 탓이 아니오!

클로디어스 무엇이든지 물어보렴.

레어티즈 아버지는 어떻게 돌아가셨소? 나를 속일 생각은 하지도 마시오. 충성 따위는 관심도 없으니. 충성에 대한 맹세는 사탄에게나 던져 주라지. 양심도 미덕도 지옥으로 팽개쳐 버리리라. 나는 저주도 두려워하지 않소. 단 한 걸음도 물러서지 않을 거요. 현세나 내세 같은 것도 내게는 필요 없소. 무슨 일이 일어나더라도 아버지를 위해 복수하고 말겠소.

클로디어스 누가 그걸 말리겠는가.

레어티즈 아무도 못 말리지. 이 세상 사람들이 모두 다 나를 가로막는다고 하더라도 내 힘은 미약하지만, 온갖 수단과 방법을 써서라도 끝장내고 말 테니.

클로디어스 레어티즈, 아버지가 죽은 원인부터 알아야 할 것 아니냐? 눈이 돌아 버린 노름꾼이 승부와 관계없이 판돈을 움켜쥐는 것처럼 닥치는 대로 해치우겠다는 거냐?

레어티즈 복수의 상대는 아버지의 원수뿐이오.

클로디어스 그 원수가 누군지 알고 싶은가?

레어티즈 훌륭한 친구들은 두 팔을 벌리고 얼마든 환영하겠소. 자기 가슴에서 나오는 피로 새끼를 기른다는 펠리컨처럼 내 피를 짜서라도 그에게 바치겠소.

클로디어스 당연히 그래야지. 이제야 사나이 대장부다운 말을 하는구나. 나는 네 아버지의 죽음에 아무런 책임도 없다. 오히려 누구보다 네 아버지의 죽음을 슬퍼하고 있다. 태양이 네 눈에 비치듯이 네게 조금만 분별이 있다면 그런 사실을 곧 알게 될 것이리라.

군중 (밖에서) 안으로 들여보내라.

레어티즈 왜 이리도 시끄럽지?

(오필리어 등장)

레어티즈 아, 뜨거운 불이여. 머릿속을 바짝 말려 다오. 눈물이여, 내 눈의 감각과 시력을 태워 없애 주렴! 널 이렇게 실성케 한 원한은 내가 뼈를 갈아서라도 갚아 주마. 오월의 장미, 귀여운 처녀, 다정한 내 동생, 아름다운 오필리어여! 신이시여! 처녀의 정신이 노인의 목숨처럼 허무하게 무너질 수 있습니까? 사람의 마음이란 누군가를 사랑할 때 가장 순수해지는 법! 그 사랑이 지극하면 고귀한 넋을 바치면서까지 사랑하는 사람의 뒤를 따른단 말인가.

오필리어 (노래한다.)

그의 얼굴을 덮지 않고 관에 넣어 메고 갔지

무덤에는 억수 같은 눈물이 쏟아지고

그대여, 안녕! 나의 임이여!

레어티즈 네가 제정신으로 복수를 주장하더라도 이처럼 내 가슴을 움직이지는 못했을 것이다.

오필리어 노래 부르세요. '묘석은 젖어들고' 하는 노랫말이에요. 그분은 땅속에 묻혀 버렸으니까요. 물레바퀴 장단이 잘도 맞네! 그는 나쁜 하인이었어요. 어쩌면 주인집 딸을 도둑질하다니.

레어티즈 말도 안 되는 말이 더욱 뼈에 사무치는구나.

오필리어 (레어티즈에게) 이것은 만수향이에요. 영원히 잊지 말아 달라는 뜻이에요. 내 사랑! 부디 잊지 마세요. 이것은 상사 꽃, 날 생각해 달라는 꽃이고요.

레어티즈 실성한 말 속에도 뜻이 도사리고 있구나. 제발 잊지 말라니. 꼭 맞는 말이다.

오필리어 (왕에게) 당신에게는 이 회향꽃과 매발톱꽃들. (왕비에게) 당신에게는 지난날을 뉘우치는 의미로 운향을 드릴게요. 저도 하나 가져야지요. 이 꽃은 안식일의 꽃입

니다. 마마께서는 운향을 특별하게 취급해야 해요. 이건
국화. 당신에게는 제비꽃을 드릴까요? 그런데 아버지가
돌아가시고 모두 다 시들었어요. 아버지는 편히 잠드셨
대요. (노래한다.)

레어티즈 생각과 고통, 열정, 지옥의 형벌까지도 저 아이는
곱고 아름다운 것으로 바꾸어 놓는구나.

오필리어 (노래한다.)

다시 돌아오지 않으실까

다시 돌아오지 않으실까

아니, 죽도록 기다려도

영영 가 버렸으니

다시는 못 돌아올 분

백설 같은 흰 수염을 늘어뜨리고

백발을 나부끼며

말없이 가셨네, 떠나셨네

늦게 탄식한들 무슨 소용이 있으리오

신이여, 그분께 은총을 내리소서

여러분을 위해서도 기도드립니다. 안녕히 계십시오.

(오필리어 퇴장)

레어티즈 잘 봤소, 저 꼴을?

클로디어스 레어티즈, 슬픔을 나와 함께 나누자. 마다할 이유
가 없겠지. 남의 눈에 띄지 않는 곳으로 옮기자. 누구라
도 좋으니 똑똑한 친구를 골라 오렴. 너와 내 말을 듣고
판단을 내리도록 해 보자. 내가 이번 일에 직간접적으로
티끌만큼이라도 연루됐다면 이 왕국이고 왕관이고 목
숨이고 내 소유물 전체를 보상으로 주겠다. 하지만 그렇
지 않으니, 네 마음을 진정시키고 내 말대로 하렴. 너와
합심해 너의 원한이 속 시원히 풀리도록 할 것이다.

레어티즈 그렇게 해 주십시오. 아버지가 돌아가신 정황을 꼭
알아내겠습니다. 무덤에는 위패도, 칼도, 가문의 문장도
없었다고 들었습니다. 마땅한 법이나 공식적인 격식을
갖춘 장례식도 치르지 못했고요. 억울한 유령이 외치는
소리가 들려오는 듯합니다. 진상을 규명하도록 하겠습
니다.

클로디어스 당연히 그래야지. 네 뜻을 이루게 하리라. 죄가
있는 곳에 당연히 응징의 도끼를 내리쳐야지. 안으로 들
어가자.

(클로디어스, 레어티즈 퇴장)

6장

(호레이쇼, 시종 등장)

호레이쇼 할 말이 있다는 이들이 누구냐?

시종 선원들입니다. 편지를 가져왔다고 합니다.

호레이쇼 들어오라 해. (방백) 나한테 편지가? 햄릿 왕자님이

　아니고서는 나에게 편지 보낼 사람이 없는데…….

　(선원들 등장)

선원1 하느님의 은총을!

호레이쇼 자네들에게도 은총을!

선원1 편지를 가져왔습니다. 영국에 가는 사신에게서 온 겁

　니다. 나리의 성함이 호레이쇼인가요?

호레이쇼 (편지를 읽는다.)

　‘호레이쇼, 자네가 이 편지를 읽어 보거든 선원들을 국

왕께 안내해 주게. 국왕 앞으로 가는 편지라네. 우린 출항한 지 이틀 만에 무장 해적선의 추격을 받았다네. 우리가 탄 배는 너무 느려서 해적선을 피하지 못했네. 나는 그들과 싸우다가 적선에 타게 됐네. 내가 옮겨 타자마자 그 배는 우리 편에서 떨어져 나갔고, 나만 도로가 됐네. 해적들은 나를 의적처럼 친절하게 대우해 주네. 뭔가 이득을 노리는 수작이겠지. 나도 그들에게 어떤 식으로든 보답을 주어야 하네. 이 편지를 국왕에게 전달해 주게. 이후에는 죽음을 피해 달아나듯이 서둘러 이곳으로 달려와 주게. 자네에게 조용히 할 말이 있네. 아마 이 얘기를 들으면 자네는 말문이 막힐 걸세. 하지만 편지로는 전달할 수 없는 중대한 일일세. 좋은 친구들이 자네를 나 있는 곳으로 안내해 줄 걸세. 로젠크란츠와 길던스턴은 그냥 영국으로 떠나는 중이네. 그들에 대해서도 할 말이 많네. 이만! 자네의 오랜 친구인 햄릿으로브터.'
(선원들에게) 자네들이 가져온 이 편지는 국왕께 전하도록 하겠네. 그러고 나서 되도록 빨리 나를 이 편지를 쓴 분에게 안내해 주게.

(모두 퇴장)

7장

(왕, 레어티즈 등장)

클로디어스 내가 결백하다는 것을 인정하고, 나를 너의 진정
한 친구로 생각하렴. 넌 똑똑하니 말귀를 잘 알아듣겠
지. 하지만 훌륭하신 선친을 살해한 자가 내 목숨까지
노리고 있다.

레어티즈 그런 사악한 행위를 당장 벌하지 않으셨습니까? 폐
하의 안전을 위해서나, 폐하의 권위, 그밖에 모든 사항
을 따지더라도 어느 모로 그 대죄를 사형에 처해야 하는
것 아니겠습니까?

클로디어스 두 가지 이유가 있다. 이유가 하찮게 느껴질지 모
르지만, 나에게는 매우 중대한 문제다. 햄릿의 생모인

왕비는 햄릿 없이 하루도 살 수 없단다. 나도 이게 내 장점인지 아닌지 알 수 없다만, 왕비는 내 생명이며 내 영혼과 분리해 생각할 수 없는 사이다. 별이 궤도에서 벗어날 수 없듯이 나도 왕비 없이 살 수 없구나. 또 다른 하나, 백성들이 그를 사랑한다. 사랑하면 곰보도 보조개로 보이는 법이다. 나무를 돌로 변하게 만드는 샘물처럼 그놈에게 아무리 족쇄를 채워도 백성 눈에는 몸치장으로 보인다. 따라서 내가 화살을 쏘아도 본래 겨냥했던 곳으로 날아가지 못하고 다시 돌아오는 형국이다.

레어티즈 저는 훌륭한 아버지를 잃고, 누이동생도 실성하고 말았습니다. 이제 아무리 칭찬해 봤자, 무슨 소용이 있습니까. 하지만 누이동생의 인품은 누구에게도 칭찬받을 만한 귀감이었습니다. 반드시 복수하고 말 것입니다.

클로디어스 그래도 잠 못 이룰 필요는 없다. 내 발등에 떨어진 불을 보고만 있지는 않겠다. 자세한 이야기는 차차 하기로 하자. 나는 네 부친을 아끼고 사랑했다. 마치 자신을 아끼듯. 이 정도로 말하면 너도 짐작이 가고 남을 것이다. (전령이 편지를 가지고 등장) 웬일이냐! 어떤 소식이 왔느냐?

전령 햄릿 왕자님의 편지입니다. 이것은 국왕 폐하게, 이것은 왕비 마마께 올리는 것입니다.

클로디어스 햄릿? 누가 가지고 왔는가?

전령 선원들이라고 합니다, 폐하. 소신은 그들을 만나 보지 못했습니다. 다만, 클로디오가 소신에게 이것을 전했을 뿐입니다. 클로디오는 선원들로부터 이 편지를 직접 받았다고 합니다.

클로디어스 레어티즈, 이걸 읽을 테니 들어 보아라. 너는 물러가라. (전령이 퇴장한다. 왕이 편지를 읽는다.)

'지존하신 국왕 폐하께 삼가 아룁니다. 소자는 맨몸으로 이 나라에 상륙했습니다. 내일 뵙기를 바랍니다. 불시 귀국한 사유를 상세히 알려 드리고자 하오니 부디 윤허해 주시옵소서. 햄릿 올림.'

어찌 된 노릇이냐? 다른 일행도 함께 돌아왔느냐? 무슨 속임수가 아니냐?

레어티즈 필적은 틀림없습니까?

클로디어스 이건 분명 햄릿의 필적이다. '맨몸'이라! 여기 추신에다가는 '단신 귀국'이라고 했다. 어떻게 된 영문인가?

레어티즈 저도 영문을 모르겠습니다. 하지만 올 테면 오라지요! 오히려 신이 납니다. 내가 살아서 복수할 것을 생각

하니 꽉 막힌 가슴이 뚫리는 것 같습니다. 정면으로 맞
붙어서 "네놈이 그랬지?" 하고 따질 수 있게 됐으니 말
이에요.

클로디어스 돌아온 것이 사실이라면……. 어떻게 해서 그럴
수 있었을까? 허황한 거짓말은 아니겠지? 레어티즈, 너
는 내 지시를 따르겠는가?

레어티즈 당연하지요. 억지로 화해하라는 말씀만 아니라
면…….

클로디어스 너 스스로 진정하게 도와주기 위한 것이다. 만약
햄릿이 항해를 그만두고 돌아와 다시 출발할 생각이 없
다면 내게 생각이 있다. 햄릿을 설득해서 권해 노마. 여
기에 일단 걸리면 그 역시 죽음을 면치 못할 것어다. 이
경우에는 그의 죽음 때문에 나를 비난하는 소리도 없을
거야. 심지어 그의 어머니조차 계략을 알아차리지 못하
고, 그저 사고가 일어난 것으로 생각할 것이다.

레어티즈 분부대로 하겠습니다. 저를 계략의 도구로 기용해
주십시오.

클로디어스 죽이 착착 들어맞는구나. 네가 유학을 떠난 이후
에도 너에게 특별한 재주가 있다고 해서 여러 곳에서 칭
찬이 자자했다. 그 칭찬의 말은 햄릿도 곁에서 들었다.

그런데 햄릿은 네가 익힌 여러 가지 재주 중에 한 가지 재주를 질투하는 모양이다. 네게 있는 재주 중에서 가장 하찮은 것처럼 보이긴 하지만.

레어티즈 어떤 것 말씀입니까?

클로디어스 그건 청춘의 모자를 장식하는 리본에 불과하다. 그것도 필요하긴 할 테지. 원래 젊은이들에게는 자유분방한 옷이 어울리고, 노인들에게는 관록과 위엄을 나타내기 위해 검은 수달피 장식의 옷이 어울리지 않느냐. 두 달 전에 노르망디 사람이 이곳에 왔다. 나도 지금까지 수많은 프랑스 사람을 만났고, 또 싸워 보기도 했지. 그들이 승마술에 통달하고 있다는 것쯤은 잘 알고 있었다. 하지만 그야말로 승마술이 정말 탁월하더구나. 어찌나 재주를 잘 부리는지, 말 그대로 반인반수가 된 듯했지. 말의 성질을 절반쯤은 물려받은 것처럼 보이더라. 상상도 못 할 만큼 재주가 뛰어나 이 두 눈으로 직접 보기 전에는 믿지 못할 정도였다.

레어티즈 노르망디 사람이라고 하셨습니까?

클로디어스 그렇다. 노르망디 사람이다.

레어티즈 그렇다면 저도 알 것 같습니다. 아마도 라모르일 겁니다.

클로디어스 바로 그 사람이다.

레어티즈 그 사람이라면 저도 압니다. 그는 프랑스의 꽃이요,
보석입니다.

클로디어스 그 사람도 너를 무척 칭찬하더구나. 호신술의 이
론과 실기에서는 너를 당해 낼 수 없다는 말이었다. 검
술에는 천하무적이라고 하더라. 누군가 너와 겨룰 자가
있다면 그야말로 멋진 시합이 될 거라는 말도 덧붙였다.
프랑스 검객도 너와 싸우면 동작이나 방어 자세, 시선
등 자네와 대적하기가 힘들다고 하더군. 햄릿이 그 말을
듣더니 무척 질투를 많이 했단다. 네가 하루 빨리 돌아
와 정식으로 겨뤄 주기를 바랐단다. 그런 기회를 무척이
나 기대하는 눈치였다. 그래서…….

레어티즈 그래서 어떻게 해야 합니까, 폐하?

클로디어스 레어티즈, 너는 진정 선친을 사랑했겠지? 그게
아니면 그대의 슬픔이 단지 겉으로만 꾸며진 것이라고
해야 하지 않느냐?

레어티즈 왜 그런 말씀을 하십니까?

클로디어스 네가 부친을 사랑하지 않았다고는 생각지 않는
다. 그럴 리 없지. 하지만 사랑에도 때가 있다. 사탕의 불
꽃에도 심지가 있는데 불꽃은 언젠가는 약해진다. 최고

의 상태를 늘 지탱할 수는 없다. 좋은 일도 마지막에는 쉽게 기울어지는 법이다. 마음먹은 일은 미루지 말고 당장 실행해야 한다. 마음은 변하게 마련이니까. 게다가 세상 사람들이 떠들어 대거나 방해하고 나면 실행하는 힘이 곧 약해져 연기하게 되느니라. 이 '한다!'라는 생각도 심장의 피를 말리는 탄식과 같다. 일시적으로 위안거리가 될지는 모르지만, 몸에는 해로운 법이다. 요점은 이거다. 곧 햄릿이 돌아온다. 네가 어떻게 행동해야 할 것인가. 자식 된 자의 도리로 말만 앞세울 게 아니라, 몸으로 직접 무언가를 보여 주어야 하지 않겠느냐?

레어티즈 그가 교회 안으로 몸을 피한다 해도 그의 목을 자를 것입니다.

클로디어스 그게 성전이라 해도 살인죄를 보호할 수는 없다. 복수는 장소의 제약을 받지 않는 법이다. 하지만 이것 보렴, 레어티즈. 복수하고 싶거든 집 안에서 참고 있어라. 그러다가 햄릿이 돌아오면 너의 귀국을 알려 주겠다. 나는 사람들을 부추겨 너의 솜씨를 칭찬케 하겠다. 그 프랑스인의 찬사에 더해서 금빛으로 장식해야지. 결국 두 사람이 검술 시합으로 승부를 가리게 한다는 말이다. 햄릿은 천성이 대범한 편이다. 조심성이 별로 없다.

그는 순진하고 잔꾀라는 것을 모르니 시합용 칼을 조사
해 보지 않을 것이다. 너는 미리 손을 써서 진자 예리한
칼을 고를 수 있을 것이다. 그렇게 해서 시합하다가 멋
지게 한 번 푹 찌르면 선친의 원수를 갚게 되는 것이다.

레어티즈 그렇게 하겠습니다. 이왕이면 칼에 독을 칠하겠습
니다. 어떤 도붓장수한테 독약을 사 둔 게 있습니다. 지
독한 독약이라 조금이라도 바른 칼끝에 스치면 분명 즉
사하게 될 것입니다. 아무리 영험한 약이 있어도 목숨을
구할 수 없을 것입니다. 내 칼에 살짝 스치기만 해도 그
놈은 즉사할 것입니다.

클로디어스 조금 더 신중히 생각해 보자. 우리의 계획이 제대
로 잘 이루어질 시기와 방법을 잘 생각해 보자는 말이
다. 만약 실패해 우리의 계획이 탄로 날 수 있다. 그럴 바
에야 애당초 시도하지 않는 편이 나을 것 아니겠느냐
이 계획이 실패할 경우를 대비해서 예비로 2차 수단을
마련해 두어야 하겠다. 그럼 이렇게 하자. 내가 두 사람
의 솜씨에 공정한 내기를 건다고 하고……. 맞아! 서로
치열하게 싸우는 동안, 몸에 열이 오르고 갈증이 날 테
지. 그 정도로 아주 격렬하게 싸워야 한다. 그때 햄릿이
물을 청하겠지. 거기에 맞추어 미리 준비해 둔 잔을 내

주는 거야. 비록 햄릿이 독을 칠한 칼날을 피한다 해도, 우리는 목적을 이룰 것이다. 가만, 그런데 저건 무슨 소리냐?

(왕비 등장)

거트루드 아주 재앙이 꼬리에 꼬리를 물고 나타나는구나. 레어티즈, 네 동생이 물에 빠져 죽었다는구나!

레어티즈 물에 빠져 죽어요? 어디입니까?

거트루드 버드나무가 서 있는 시냇가라고 하는구나. 흰 잎사귀가 거울 같은 물 위에 비치고 있는 곳이란다. 그 애가 거기서 미나리아재비, 쐐기풀, 국화, 자주색 난초 따위를 엮어서 이상한 화환을 만들었단다. 음탕한 목동은 자주색 난초를 상스런 이름으로 부르지만, 청순한 처녀는 죽은 사람의 손가락이라고 부르지. 그 애가 그 이상한 화환을 쓰고 와서, 늘어진 버들가지에 올라가 그 화환을 걸려고 했을 때 심술궂은 은빛 가지가 갑자기 부러졌단다. 오필리어는 화환과 함께 흐느끼는 시냇물 속에 빠지고 말았다. 그러자 옷자락이 물 위에 펴져 잠시 수면에 떠 있었다는구나. 오필리어는 마치 인어처럼 늘 부르던 찬송가를 불렀단다. 자신의 불행을 모르는 사람처럼 말이야. 아니, 물에서 나서 자란 사람처럼 자신의 절박한

불행 따위는 아랑곳하지 않고. 그것도 잠깐, 결국 그녀
는 옷에 물이 스며들어 무거워지는 바람에……. 아름다
운 노래도 끊어지고, 시냇물 바닥에 휘말려 들어가 죽고
말았다는구나.

레어티즈 정말 빠져 죽었군요.

거트루드 그래, 물에 빠져 죽은 거야.

레어티즈 불쌍한 오필리어, 너는 너무도 많은 물을 마셨겠구
나. 나도 네 죽음에 더는 눈물을 쏟지 않으마. 하지만 어
쩔 수 없는 인간의 감정……. 쏟아지는 눈물을 어쩔 수
없구나. 마음껏 울고 나면 연약한 내 마음도 끝장이다.
폐하! 저는 이만 물러갑니다! 활활 타오르는 불의 말을
내뱉고 싶지만, 지금은 어리석은 눈물 때문에 아무 말도
할 수가 없습니다.

(레어티즈 퇴장)

클로디어스 뒤를 따라가 봅시다. 저 아이의 분노를 가라앉히
려고 내가 얼마나 애썼는지 아시오? 또다시 분노가 터
져 나올까 두렵소. 따라가 봅시다.

(퇴장)

5막

The Tragedy of
Hamlet,
Prince of Denmark

1장

(두 명의 광대 등장)

광대1 자신이 원해서 저승길을 찾아간 여잔데, 이렇게 기독
교식 장사를 해 줘도 된단 말인가?

광대2 그렇다니까. 당장 무덤이나 파. 검시관이 조사해 보고,
기독교식으로 매장하라고 했어.

광대1 어떻게 그럴 수가 있지? 자기 몸을 지키기 위해 물에
뛰어들었다면 몰라도.

광대2 글쎄, 그렇다니까.

광대1 그렇다면 정당 공격이지. 그게 틀림없다고. 요적은 이
렇다고. 예를 들어, 내가 일부러 물에 빠졌다면 이건 행
위가 돼. 그런데 행위는 세 가지로 나눌 수 있어. 행동,

실천, 성취……. 여자는 일부러 물에 빠진 거야.

광대2 내 말 좀 들어 봐. 이 사람아.

광대1 그 입 다물어. 여기 물이 있다고 생각하게. 여기 사람이 있고. 알았지? 그 사람이 물가로 가서 그냥 물에 빠졌다고 치세. 그 사람이 원했건 안 원했건 자신이 한 일 아닌가? 그런데 만약 물 쪽에서 사람에게로 다가와서 빠뜨렸다면 그건 자신이 한 일이 아니란 말이야. 그러므로 자기 생명을 단축한 죄가 있는 게 아니라는 말일세.

광대2 그게 법인가?

광대1 그렇지. 감시관의 감시법이라는 거야.

광대2 사실을 알려 줄까? 그 여자가 양갓집 규수가 아니었다면 기독교식 장례는 꿈에도 생각하지 못했을 거야.

광대1 제법 옳은 말을 하는데? 알고 보면 딱한 이야기지. 양반들이야 우리네 평민보다 익사하거나 목매달아 죽을 권리를 더 갖고 있는걸. 자, 삽을 이리 주게. 양반 집안치고 조상이 정원사, 도랑 파는 사람, 무덤 파는 사람이 아닌 경우가 없어. 그들이 아담의 직업을 물려받았으니까. (땅을 파고 무덤 구멍으로 들어간다.)

광대2 아담도 양반이었나?

광대1 인류 최초의 연장을 가졌던 양반이지.

광대2 그때는 연장이고 뭐고 없었잖아?

광대1 왜 이래, 자네는 이교도인가? 성경도 읽어 보지 못했나? 성경에 아담이 땅을 팠다고 쓰여 있다네. 삽도 없이 땅을 어떻게 팠겠어? 내 한마디만 더 물어 보겠는데……. 똑바로 대답하지 못하겠거든 참회하고 죽어.

광대2 그만둬.

광대1 석수장이나 조선공, 목수보다도 더 튼튼한 걸 만드는 사람이 누굴까?

광대2 교수대를 만드는 사람 아닐까? 1,000명이 거쳐 가도 질긴 물건이지.

광대1 제법인데? 교수대는 끄떡도 안 해. 교수대는 무엇에 좋으냐? 악질들 목 조르는 데 좋지. 그런데 자네는 고수대가 교회보다 더 튼튼하다 이거지? 그럼 못써……. 아무래도 교수대 맛을 봐야 정신 차리겠는걸. 자, 다시 대답해 봐.

광대2 석수장이나 조선공, 목수보다 더 튼튼한 걸 만드는 게 누구냐고?

광대1 답을 말하라고. 대답 잘하면 쉬게 해 주지.

광대2 옳지. 이제 말할 수 있어.

광대1 말해 봐. 뭐야?

광대2 아니야. 역시 모르겠는걸.

광대1 뭐야?

광대2 그걸 알아내겠다며 골머리를 쓸 건 없지. 갑자기 까마귀가 학이 될 수 있나. 이 사람아, 이다음에 누가 이런 걸 다시 물으면 '무덤 파는 사람'이라고 하게. 그가 파놓은 집은 최후의 심판 날까지 튼튼할 테니. 요한네 술집에 가서 술이나 한 잔 받아 오라고.

(광대2 퇴장)

광대1 (무덤을 파며 노래한다.)

젊은 시절에는 사랑도 하고 바람도 피웠지

이 세상은 즐겁고 달콤했지만

세월이 흘러 철이 들었는가

만사가 망태로세.

(햄릿, 호레이쇼 등장)

햄릿 저 작자는 자기가 하는 일이 무엇인지도 모르는 게로군. 무덤 파면서 콧노랠 부르다니.

호레이쇼 늘 하던 일이라 아무렇지 않은 모양입니다.

햄릿 그런가 보군. 쓰지 않은 손일수록 부드럽고 민감하지.

광대1 (노래한다.)

백발이 슬그머니 다가와서는

모질게 내 몸을 휘어잡더니

이제 가는 길은 눈물의 황천길

누가 알았겠나, 꿈엔들 알았겠나.

(광대1이 해골을 건져 올린다.)

햄릿 저 해골 속에도 한때는 혀가 있어 이렇게 노래 불렀겠지? 하지만 지금은 저 녀석이 땅에 처박는구나. 살인의 원조인 카인이 형을 죽였을 때 쓴 나귀 턱뼈처럼! 어쩌면 어느 정치인의 해골인지도 모르지. 지금은 저자에게 저렇게 푸대접 받고 있지만 귀신도 곡할 모사꾼이었을지도 모르지.

호레이쇼 그럴 테지요.

햄릿 아니면 궁정 신하의 것일까? 저것이 이렇게 말했겠지. "마님, 밤새 안녕하셨습니까! 요새 어찌 지내시는지요." 하고 나불댔을지도 모르지. 아니면 이러저러한 대감이라고 불린 신분으로서 아무개 대감의 말이 탐이 나서 "참, 그 말은 준마로군요." 하고 칭찬하던 놈일지도 모르지. 안 그런가?

호레이쇼 그럼요, 왕자님.

햄릿 틀림없어. 구더기의 밥이 되고, 턱뼈는 없어진 채 무덤 파는 놈의 삽으로 대가릴 얻어맞고 있지. 우리 눈에 보이지 않아서 그렇지만, 볼 수만 있다면 참 오묘한 변화 거든! 이들 뼈다귀도 자랄 때는 무척 공이 들었을 텐데. 이제 애들 노리갯감이 되고 말다니. 그걸 생각하면, 내 뼈도 지끈거리는군.

광대1 (노래한다.)

곡괭이 한 자루, 삽 한 자루

시체에 입힐 수의 한 장

에헤야, 움집까지 파 놓았구나

이런 손님 모시기에는 적당하구나.

(광대1이 다른 해골을 건져 올린다.)

햄릿 또 나왔군. 이번엔 변호사의 해골바가지일지도 모르는 일이지. 궤변에 요설은 다 어디 갔나? 그의 소송은, 소유 권은, 솜씨는? 저 무식한 녀석의 흙 묻은 삽으로 골통을 얻어맞고도 왜 꼼짝도 하지 못하지? 어째서 폭행죄로 고소하겠다고 한마디 말도 하지 못할까? (해골을 치켜들 며) 이자도 생전에 토지를 사쟁 녀석일지 모른다. 압류 증서, 조건 이해 승인서, 명의 변경 소송, 이중 증인, 토 지 양도 소송 등 온갖 술수를 다 썼겠지. 그런데 이건 토 지 투기에 대한 업보인가, 소송에 대한 보답인가? 아니 면 토지 때문에 가득 찼던 대갈통에 흙이 꽉 차 있는 건 아닌가? 이제는 그자의 증인들도 그자가 사들인 토지는 할부 계약서의 크기에도 미치지 못한다고 증언 할 수밖에 없겠지? 이 해골 속에 토지 증서가 들어갈 수도 없지. (해골을 가볍게 탁탁 두드리며) 게다가 그 토지의 소유자 본인조차 가진 거라고는 이 골통 하나뿐이지.

호레이쇼 두개골뿐입니다.

햄릿 양피지는 양가죽으로 만들었을 테지?

호레이쇼 예, 송아지 가죽으로도 만듭니다.

햄릿 그따위 증서를 믿는 놈들은 양이나 송아지보다 못한 바보들이지. 내 이 친구와 얘기 좀 해 볼까? (앞으로 나오며) 이보게, 이건 누구의 무덤인가?

광대1 제 무덤입니다. (노래한다.)

흙으로 돌아가 흙에서 잠들다
흙의 집이 손님에게 꼭 맞지요.

햄릿 물론 네 것이겠지. 그 속에 들어 있는 게 틀림없으니.

광대1 나리는 바깥에 계시니 나리의 것은 아닙지요. 하지만 제 말은요. 소인의 말이 틀린 말이 아니니까요. 이 무덤은 제 것입지요.

햄릿 무덤 안에 있으니 네 것이라 말할 수 있겠지. 하지만 무덤이란 죽은 사람의 것이지, 산 사람의 것은 아니지 않으냐. 그러니 네 말은 온통 거짓이다.

광대1 아주 새빨간 거짓말입지요. 다음은 나리 차례입니다.

햄릿 대체 어떤 사내의 무덤을 파고 있느냐?

광대1 사내 것이 아닙니다, 나리.

햄릿 여자 거냐?

광대1 그것도 아닙니다.

햄릿 그렇다면 누굴 묻을 것이냐?

광대1 전에는 여자였지만……. 지금은 혼백이니까요. 이젠 떠나갔습니다.

햄릿 까다로운 녀석이군! 정신을 바짝 차리고 얘기해야지. 모호하게 말하다간 다 망치겠어. 호레이쇼? 3년 동안 눈여겨봤는데, 세상이 얼마나 모질어졌는지 농부의 발가락이 궁인의 발뒤꿈치를 밟는 건 고사하고, 목숨까지 빼앗을 지경이야. 자넨 언제부터 무덤 파는 일을 했는가?

광대1 선왕 햄릿 폐하께옵서 포틴브라스를 쳐부순 그날부터입니다.

햄릿 몇 년 전이지?

광대1 그것도 몰라요? 바보들도 다 아는걸. 햄릿 왕자님이 태어나셨던 바로 그날이었는데……. 왕자님은 정신이 오락가락해 영국으로 쫓겨 갔습니다.

햄릿 왜 영국으로 쫓겨 갔느냐?

광대1 그야 실성했으니까요. 거기 가면 정신이 돌아올 거예요. 물론 정신이 돌아오지 않아도 거기서는 상관없을 테지만 말이에요.

햄릿 왜?

광대1 그곳에서는 다른 사람의 눈에 잘 띄지 않을 거 아니에요. 그곳 사람들은 모두 햄릿 왕자님처럼 미쳐 있거든요.

햄릿 왕자는 왜 실성했는가?

광대1 귀신이 곡할 노릇입지요.

햄릿 어떻게 됐는데?

광대1 제정신이 아니니까…….

햄릿 어떤 근거로?

광대1 덴마크에서 시작된 겁니다. 저는 어려서부터 지금까지 계속 30년 동안 여기에서 무덤을 팠습니다.

햄릿 무덤 속 시체는 얼마나 지나면 썩는가?

광대1 그러니까……. 죽기 전부터 썩지 않았다면 대거는 8, 9년이면 되지요. 가죽 장수 같으면 9년은 걸리지요.

햄릿 가죽 장수는 왜 그리 오래가느냐?

광대1 직업 덕분이지요. 피부가 무두질이 돼 있거든요. 한참 동안 물기를 빨아들이지 못합지요. 물이란 송장을 흠뻑

썩게 하는 힘이 있습니다. 여기 있다. 또 나온다. 이 해골은 땅속에 묻힌 지 23년이나 지났습니다.

햄릿 그건 누구의 것이냐?

광대1 그냥 미친놈의 해골입니다. 누구의 것일까요?

햄릿 아니, 난 모르겠는데…….

광대1 염병에나 걸려라! 이놈이 언젠가 내 머리에 라인 산 포도주를 한 병 부었습니다. 왕의 어릿광대, 요릭의 해골입니다.

햄릿 이것이?

광대1 틀림없습니다.

햄릿 불쌍한 요릭! 나도 잘 알지, 호레이쇼……. 재담으로 명성을 떨쳤지. 우스갯소리도 대단했고. 그가 나를 수없이 등에 업고 다녔을 거야. 지금 이 꼴이 되니, 온몸에 소름이 끼치는구나! 보기만 해도 구역질이 나. 이쯤 달려 있던 입술에 내 얼마나 자주 입을 맞추었는지 모른다. 아이고, 이제 어디 갔느냐, 네 익살은? 너의 광대 춤, 너의 노랫소리, 좌중을 모두 배꼽 빠지게 웃겼던 그 기막힌 재담은? 이렇게 이빨을 드러낸 네 몰골을 네가 한번 비웃어 보라고! 지금 웃고 싶어도 아래턱이 빠져서 안 된단 말인가? 요릭! 그 꼴로 여자들 방으로 달려가

분을 아무리 두껍게 발라서 치장해도 결국 요 고양, 요 꼴이 될 거라고 가르쳐 줘라. 여자들을 웃겨 보라고, 어서……. 여보게, 호레이쇼! 물어볼 말이 있네.

호레이쇼 무엇입니까, 왕자님?

햄릿 알렉산더 대왕도 흙에 묻혀 이런 몰골이 됐을까?

호레이쇼 아마도요.

햄릿 악취가 나는구나! (해골을 땅바닥에 내동댕이친다.)

호레이쇼 당연하지요.

햄릿 사람이 죽으면 무슨 천대를 받게 될지 누가 아나, 호레이쇼! 알렉산더 대왕의 고귀한 유골도 술통 마개가 될 수 있네.

호레이쇼 지나친 상상입니다.

햄릿 지나친 게 아니야. 아무리 가볍게 생각해 보아도 거기까지 갈 거야. 가능한 추리가 아닌가. 말하자면 이렇네. 알렉산더 대왕이 죽어 묻힌다. 진토로 돌아간다. 알렉산더 대왕이 섞인 진흙으로 술통 마개를 만들 수도 있지. 황제 시저도 죽어서 한 줌 흙이 되어 바람이 들어가는 벽의 구멍을 막는 처지가 된다. 그렇게 온 천하를 흔들던 흙덩어리가 한겨울 차디찬 눈바람을 막는 벽 땜이 되다니! 잠깐! 저기 왕이 온다. 왕비, 신하들과 함께.

(장례식 행렬이 등장한다. 뚜껑 없는 관에 든 오필리어의 유해. 레어티즈, 왕, 왕비, 신하들, 법의를 입은 신부가 뒤따른다.)

햄릿 도대체 누구의 장례식이란 말인가? 이렇게 초라한 장례식은 무엇이지? 저들이 따라가는 유해는 자포자기해 스스로 목숨을 끊은 듯하군. 무척이나 지체 높은 분인가 보네. 잠시 숨어 살펴보세. (호레이쇼와 함께 수송 밑에 숨는다.)

레어티즈 의식은 모두 끝난 겁니까?

햄릿 저건 레어티즈다. 고결한 청년이지.

레어티즈 더 갖출 것은 없습니까?

신부 그녀의 장례식은 교회법으로 정중히 모시는 것입니다. 사인이 의심스럽기는 하지만 어명으로 관례를 굽히지 않았다면 분명히 최후의 심판 날까지 성스럽지 못한 묘지에 묻혔을 겁니다. 구원의 기도 대신 사금파리 조각, 부싯돌, 조약돌 등을 던졌을 겁니다. 하지만 이번만은 그녀에게 어울리는 꽃 장식, 조종까지 울리면서 명복을 빌어 드립니다.

레어티즈 더는 할 수 없단 말이오?

신부 더는 안 됩니다. 조용히 숨을 거둔 사람처럼 진혼가를 부르며 미사를 드려 격식을 갖추는 일은 장례식을 모독하는 것이 됩니다.

레어티즈 당장 묻어라. 아름답고 순결한 몸에서 제비꽃이라도 피게 해 다오! 나의 말을 잘 들어라. 야비한 신부여, 네가 지옥에 떨어져 아우성을 칠 때 내 누이동생은 천국에서 천사가 돼 있을 거다.

햄릿 뭐라고? 아름다운 오필리어가!

거트루드 (꽃을 뿌리며) 사랑스런 규수에게 아름다운 꽃을. 잘 가라! 널 햄릿의 아내로 삼으려고 마음먹었는데. 아름다운 처녀, 네 신방을 꾸미려던 이 꽃을 무덤 위에 뿌리게 될 줄이야.

레어티즈 저주가 있으라! 고통이 열 배가 돼 저주받은 놈의 머리 위에 내려 쏟아져라, 여리고 여린 너를 실성케 한 자에게! 잠깐만! 아직 흙을 덮지 말라. 한 번만 니 품속에 안아 보자. (무덤 속에 뛰어든다.) 흙을 덮어라. 산 자와 죽은 자 위에 이 평지에 산을 쌓아라. 저 펠리온 산봉우리보다 높이, 하늘을 찌를 듯한 올림포스산보다 높이.

햄릿 (앞으로 나오며) 도대체 누구냐, 요란스럽게 한탄하는 자는? 그 애통한 소리를 들으면 하늘을 떠도는 별들도 놀라, 마치 감동해 넋을 잃은 청중처럼 발길을 멈출 거다. 난 덴마크의 왕자 햄릿이다. (레어티즈를 따라 무덤으로 뛰어든다.)

레어티즈 (햄릿을 잡고) 악마에게 영혼을 빼앗긴 놈.

햄릿 네 입이 더 무엄하다. 당장 목에서 손을 떼지 못할까? 난 성미가 급하지도 난폭하지도 않다. 하지만 내게 위험이 닥치면 물불을 가리지 않는다. 손을 놔라.

클로디어스 떼어 놓아라.

거트루드 햄릿, 햄릿!

일동 두 분!

호레이쇼 고정하십시오.

(시종들이 두 사람을 뜯어말린다. 두 사람은 무덤에서 나온다.)

햄릿 아니다. 내 일이라면 눈에 흙이 들어갈 때까지 싸우겠다.

거트루드 레어티즈, 제발 참아 주오.

햄릿 어떻게 할 테냐? 울 건가? 싸울 건가? 굶어 죽을 건가? 옷을 갈기갈기 찢어 버릴 건가? 식초를 마실 테냐? 악어를 잡아먹을 테냐? 나라면 충분히 할 수 있다. 눈물이나 흘리기 위해 여기를 왔는가? 무덤 속에 뛰어들어 날 욕보일 것인가? 오필리어와 함께 나도 생매장해 주렴. 산을 쌓으려고 한다면 온 세계의 산이란 산을 다 허물어 이곳으로 가져오너라. 흙을 태양의 궤도에 닿을 때까지 더 높이 쌓아 올려라. 오사 산이 티눈처럼 보일 정도로!
네가 큰 소리를 내면 나도 너 못지않게 고함을 지르마.

거트루드 저건 순전히 실성한 탓이오. 광기가 저렇게 기승을
부리지만 곧 진정할 거요. 귀여운 황금색 새끼 두 마리
를 까 놓은 암비둘기처럼, 온순하게 입을 다물그 금방
조용해질 거요.

햄릿 레어티즈! 왜 나를 못 잡아먹어 야단인가? 나는 늘 자
네를 좋아했다. 하지만 이젠 다 끝났다. 헤라클레스가
제 아무리 힘을 쓴다고 한들, 고양이는 여전히 고양이
고, 개는 천생 개니까.

(햄릿 퇴장)

클로디어스 호레이쇼! 왕자를 따라가 보라.

(호레이쇼 퇴장)

클로디어스 (레어티즈에게) 어젯밤 내가 한 얘기를 명심하고
참아야 한다. 내가 계획한 그 일을 즉시 시행해 볼 테
니……. 왕비여, 당신의 아들을 단속하시오. 이 구덤에
는 기념비를 세우라. 머지않아 태평성대가 올 것이다.
그때까지 인내하고, 일을 진행하라.

(모두 퇴장)

<h1 style="text-align:center">2장</h1>

(햄릿, 호레이쇼 등장)

햄릿 이제 그 이야긴 그만하고, 다음 이야기를 해 보세. 자초지종을 기억하겠지?

호레이쇼 기억합니다, 왕자님!

햄릿 여보게. 나는 마음속에 요동치는 번민 때문에 밤잠을 제대로 이루지 못했네. 반란죄로 족쇄에 묶인 선원보다 더 비참한 심정으로 잠을 청했지. 충동적으로, 하긴 충동적인 것도 칭찬받을 만하지만……. 소중한 계획이 실패로 돌아가는 수도 있지. 때에 따라 무모한 행동이 도움이 되는 경우도 종종 발생한단 말일세. 우리 인간이 분별없이 처신한다 해도 그 결과를 만들어 내는 건 모두 다 하늘의 뜻 아닌가.

호레이쇼 맞습니다. 그런가 봅니다.

햄릿 선실을 빠져나와 선원의 외투로 몸을 감쌌다네. 그들을 찾다 내가 원하던 짐 꾸러미를 발견했다네. 조심조심 그걸 빼서 다시 선실로 돌아왔지. 불안한 생각에 체면이고 염치고 가리지 않고 겁 없이 친서를 뜯어보았네. 그런데 거기서 무엇을 보았겠나. 그건 왕의 흉계였어! 덴마크 왕과 영국 왕의 평안을 위해서라는 등 여러 가지 이유를 늘어놓고선……. 맙소사! 나와 같은 도깨비나 마귀를 그대로 살려 두었다가는 엄청나게 위험한 일이 발생할 거라는 이야기야. 친서를 읽으면 한시도 지체하지 말고 내 목을 당장 치라는 엄명이었다네.

호레이쇼 그럴 수가?

햄릿 이게 그 친서야. 나중에 틈을 내 천천히 읽어 보게. 그 뒤에 내가 무슨 행동을 했는지 들려줄까?

호레이쇼 말씀하시지요.

햄릿 내가 악당들의 흉계에 걸려든 셈이 되고 보니 말이야. 내 머릿속에 서막을 구성하기도 전에 바로 막이 이미 오르게 된 셈이지 뭔가. 우선 앉아서 친서를 위조했지. 필적도 그럴싸하게 말이야. 이 나라 정치가들처럼 글씨를 잘 쓴다는 건 자랑이 못 된다고. 나는 서예를 경멸해서 배우는 걸 그만두려 한 적도 있었네. 하지만 이번만은 그 덕을 본 셈이지. 내가 거기에다가 뭐라고 썼는지 알고 싶은가?

호레이쇼 알고 싶습니다.

햄릿 국왕의 정중한 청탁인 것처럼 썼네. 영국은 덴마크의 충실한 속국이며 두 나라의 우의는 종려나무처럼 번성하길 원한다. 평화의 여신은 밀 이삭 화관을 쓰고 양국 친선의 가교가 되어야 한다. 이런 말을 잔뜩 늘어놓고 나서 이렇게 당부했지. 이 친서를 읽고 내용을 파악한 후, 이걸 가져온 두 명을 일각도 지체하지 말고 사형에 처해 달라고.

호레이쇼 봉인은 어떻게 했습니까?

햄릿 하늘의 보살핌이 있었지. 아버지의 반지를 가지고 있었다네. 덴마크의 옥새를 본떠 새긴 거였어. 이전의 친서와 같게 접어서 서명하고 봉인해서 아무도 모르게 감쪽같이 원래 장소에 갖다 두었지. 이튿날 해적을 만난 거야. 그 다음부터는 자네도 아는 이야기네.

호레이쇼 길덴스턴과 로젠크란츠는 죽었겠군요.

햄릿 두 사람이 자청한 길이네. 난 양심의 가책을 느끼지 않네. 남의 일에 참견하다가 파멸을 불러들인 거야. 고래 싸움에 송사리가 얼씨구 하고 끼어들다니.

호레이쇼 참 지독한 왕이군요!

햄릿 나도 물러설 순 없지. 안 그런가. 그자는 나의 아버지인 선왕을 살해하고, 내 어머닐 더럽혔고, 왕위까지 가로채어 희망을 앗아가 버렸어. 게다가 내 목숨마저 노리고 있지. 이런 자를 내 손으로 처단하는 데 티끌만틈도 양심에 거리낄 일이 없지 않은가. 오히려 그런 벌레를 놔두어 세상에 해악을 끼치는 일이 지옥에 떨어질 만한 죄악이 아니겠는가?

호레이쇼 그는 분명 금방 알게 될 것입니다. 조만간 옅국 왕이 그에게 일어난 일을 알릴 것입니다.

햄릿 빠른 시일 안에 그렇게 되겠지. 그동안의 시간은 내 것일세. 사람의 목숨이란 ‘하나’라고 세는 찰나에 블과하지. 하지만 호레이쇼! 그건 그렇고 레어티즈에게는 죄를 저지르고 말았어. 흥분해서 이성을 잃었던 거지 내가 일을 당하고 보니 그의 심정도 알 만해. 화해를 청해야겠어. 너무 야단스럽게 애통해하는 바람에 그만 호가 치밀어 올랐지 뭔가.

호레이쇼 누가 오나 봅니다.

(궁신 오즈릭 등장)

오즈릭 왕자님의 귀국을 진심으로 환영합니다.

햄릿 고맙소. (방백) 자네는 이 날파리를 알고 있는가?

호레이쇼 잘 모릅니다.

햄릿 모른다니 다행일세. 저자를 아는 것만 해도 화근이 돼. 저자는 땅을 많이 가지고 있지. 아주 비옥한 땅을. 짐승 같은 놈도 짐승을 많이 소유하면 대감이 되는 세상이거든. 또 여물을 들고 가서 왕과 식사하는 판이니. 저 친구는 수다쟁이이긴 하지만 땅은 이만저만 많은 게 아니라고.

오즈릭 왕자님, 바쁘지 않다면 지금 이 자리에서 폐하의 분부를 전할까 합니다.

햄릿 당연하지. 어서 얘기하게. (오즈릭이 모자를 흔드는 꼴을 보고) 모자를 쓸 줄도 모르느냐. 모자란 머리에 쓰는 거다.

오즈릭 황송합니다. 너무 더워서 그랬습니다.

햄릿 아니야. 오늘 추위는 대단한걸. 북풍이 휘몰아친다.

오즈릭 그렇군요. 꽤 떨리는군요.

햄릿 체질 탓인가. 나는 푹푹 찌는 기분을 느끼고 있어.

오즈릭 그러시군요. 날씨가 무척 덥습니다. 어떻게 말씀드려야 할지 모르겠지만……. 왕자님, 이건 폐하의 전갈입니다. 햄릿 왕자님을 위해 굉장한 내기를 거셨다 합니다.
내용은…….

햄릿 (모자를 쓰라고 손짓하며) 부탁하네. 내 말을 잊지 말아
주게.

오즈릭 아니옵니다. 진정 이게 편합니다. 이번에 귀국한 레어
티즈란 어른은…… 아주 훌륭한 신사입니다. 덕망을 갖
추었으며, 예의범절이 철저하며, 풍채도 수려하고, 공정
하게 비유해 보자고 하면 지도나 나침반 역할을 하실 분
이옵니다. 신사가 지녀야 할 모든 성품을 두루 갖추고
있는 것으로 알고 있습니다.

햄릿 말이 유창하니 손해를 보진 않겠군. 그렇게 중황하게
늘어놓으면 기억하기 힘들어 골치가 아프오. 너무 빨리
쏘아붙이는 탓에 따라갈 수가 없소. 하지만 진정으로 칭
찬하자면 그는 보기 드문 고상한 인품을 갖추었죠. 이처
럼 뛰어난 천성을 가진 자는 그의 거울에나 있소. 사나
이 중에서 그를 따를 사람이 감히 누가 있을까? 그 사람
의 흉내를 낼 수 있는 건 그 자신의 그림자뿐이라오.

오즈릭 구구절절 다 옳습니다.

햄릿 그런데 속셈은 뭐요? 왜 잡스러운 말로 그를 포장하는
가 이 말이오.

오즈릭 예?

호레이쇼 보통 말로 하면 이해할 수 없다는 거요? 알아들을
텐데요.

햄릿 어째서 그 신사 얘기를 끄집어내는 것인가?

오즈릭 레어티즈 경 말씀인가요?

호레이쇼 말 주머니가 바닥났나 보군. 말의 밑천이 동이 났
나 봐.

햄릿 레어티즈 말이다.

오즈릭 모르실 리 없겠지만 저…….

햄릿 내가 모를 리 없다고 생각한다면 다행이지. 내가 별반
대단한 것도 못 되지만. 그건 그렇고……. 본론은 무엇
인가?

오즈릭 레어티즈 경의 훌륭한 재능을 모를 리 없을 거라
고…….

햄릿 내가 잘 안다고 말할 수는 없네. 나는 그 사람과 우열을
가리고 싶지 않거든. 다른 사람을 알려면 나 자신부터
알아야 하지.

오즈릭 그분의 칼 솜씨를 말하는 겁니다. 세상 사람들 말로
는 그분의 칼 솜씨에 따를 자가 하나도 없답니다. 그야
말로 천하무적이라고 합니다.

햄릿 무슨 칼을 쓰지?

오즈릭 장검과 단검입니다.

햄릿 쌍칼이라는 말이군. 좋지.

오즈릭 폐하께서는 레어티즈에게 바바리 준마 여섯 필을 걸었습니다. 레어티즈는 프랑스제 장검과 단검 각각 여섯 자루와 혁대, 가죽끈, 기타 부속품 등을 걸었습니다. 그 가운데 세 개의 운반기는 정교하게 만들어져서 칼자루와 잘 어울리고 세련된 것입니다.

햄릿 운반기란 어떤 걸 말하나?

호레이쇼 각주 설명이 필요할 판이네요.

오즈릭 운반기는 칼 걸이를 말합니다. 칼 걸이는 칼을 묶어 두는 끈을 뜻하고요.

햄릿 우리가 대포를 끌고 다닌다면 그 표현이 꼭 맞을 것 같구나. 그때까진 그저 칼 걸이라고 불러 두자. 그렇지만 상관없다! 바바리 산 준마 여섯 필에 대해 프랑스제 검 여섯 자루, 그 부속품, 거기에 세 개의 정교한 운반기…… . 그러니까 프랑스와 덴마크의 대결이군. 네가 말하는 '내기'를 왜 걸게 됐느냐?

오즈릭 폐하께서는 왕자님과 그가 열두 번 시합하는 경우 제 아무리 레어티즈라 해도 왕자님에게 세 번 넘게 이기는 것은 어려우리라 예상하셨습니다. 레어티즈 경은 열 두 번 승부 가운데 아홉 번은 자신이 이길 수 있다고 말했습니다. 이 내기는 왕자님 응답만 있으시면 곧 거행될 예정입니다.

햄릿 내가 거절하면 어떻게 되는가?

오즈릭 왕자님께서 시합에 응할 마음이 있을 때를 말하는 겁니다.

햄릿 폐하의 명이라면 이곳을 거닐며 기다릴 것이다. 때마침 운동 시간도 됐으니 검을 가져오라 일러라. 레어티즈 생각이나 폐하의 뜻이 그렇다면 폐하를 위해 이기도록 해야겠군. 패하더라도 별일 있겠느냐. 망신이나 당하고 몇 대 얻어맞으면 그뿐이지.

오즈릭 이 말씀을 폐하께 그대로 전할까요?

햄릿 자네가 마음 내키는 대로 하게.

오즈릭 잘 부탁드립니다.

햄릿 내가 잘 부탁한다.

(오즈릭 퇴장)

햄릿 제멋에 겨워 사는 녀석이군. 하긴 아무도 상대해 주는 사람이 없으니.

호레이쇼 댕기물떼새가 알껍데기를 뒤집어쓴 채 도망가는 것 같습니다.

햄릿 어미젖을 빨아먹을 때도 젖꼭지에 큰절했을 놈이네. 이런 타락한 시대에는 거들먹거리는 놈들이 많이 태어났지만……. 시류를 타고 겉치레뿐인 사교술을 몸에 걸치고 있다네. 천박한 학문을 배워 가장 사려 깊고 현명한 판단을 조롱하고 있거든. 시험 삼아 '후' 하고 불어 보게. 거품이 빠져 버릴 운명이라고.

(귀족 등장)

귀족 (햄릿에게) 왕자님. 조금 전에 오즈릭을 통해 이곳에서 폐하를 기다린다는 회답을 보내셨습니다. 폐하께서는 레어티즈와의 시합을 지금 하실 건지 아니면 나중에 하실 건지 알아 오라는 어명을 내렸습니다.

햄릿 내 생각은 변함없소. 폐하의 명을 따를 뿐이오. 폐하께서 좋다면, 나는 언제라도 좋소. 몸 상태가 지금과 같다면 말이오.

귀족 폐하와 왕비 마마 그리고 많은 분이 이리로 오고 계십니다.

햄릿 잘됐소.

귀족 왕비께서는 시합에 앞서 레어티즈 경에게 친절한 말을 건네라고 당부했습니다.

햄릿 그래야겠지요.

(귀족 퇴장)

호레이쇼 이 시합은 조금 불리할 것 같습니다.

햄릿 난 그렇게 생각하지 않네. 레어티즈가 프랑스에 있는 동안, 난 계속 연습해 왔거든. 득점상 유리하니 내가 이길 것이네. 하지만 마음이 편치 않군, 자네는 상상 못할 걸세.

호레이쇼 그럼 왕자님…….

햄릿 바보 같은 생각일 뿐이지. 하지만 뭔가 불길하네.

호레이쇼 마음이 내키지 않거든 당장 그만두시지요. 왕자님이 불편하다고 말씀드려서 그분들이 오시지 않도록 하겠습니다.

햄릿 그럴 필요 없네. 예감이 뭐 별거 있는가. 난 무시하네. 참새 한 마리가 떨어지는 것도 자연의 섭리가 있는 것 아닌가. 그게 지금이라면 다음은 오지 않을 것이고……. 다음에 오지 않는다면 지금 올 것이 분명하다. 만약 지금 오지 않더라도 언젠가는 꼭 오는 법. 각오만 있으면 돼. 죽은 뒤의 일을 누가 아는가. 일찍 죽은들 아쉬울 것도 없다네. 될 대로 되라지.

(시종들이 등장한다. 의자 쿠션을 가져다 놓고 좌석을 마련한

다. 곧이어 나팔 연주자들과 북 치는 사람들이 등장한다. 그다음 왕과 왕비, 귀족들, 심판을 맡을 오즈릭과 귀족 한 명이 등장한다. 이 두 심판관이 무딘 검과 단검을 벽 곁에 있는 탁자 위에 가져다 놓는다. 마지막으로 시합 복장을 한 레어티즈가 등장한다.)

클로디어스 햄릿, 어서 이리 와서 손을 잡아라.

(왕은 레어티즈의 손을 햄릿의 손에 쥐여 준다.)

햄릿 나를 용서하게, 레어티즈. 내가 잘못했네. 내 잘못을 사나이답게 용서해 주게. 여기 있는 분들도 모두 알 걸세. 난 정신병으로 고통을 받아 왔네. 내가 저지른 짓이 아무 생각 없이 자네 아버지를 사모하는 마음을 상하게 하고, 명예를 더럽히고, 분노하게 했네. 하지만 분명히 말하지만 모든 것이 내 광기 탓이라네. 레어티즈를 모욕한 것이 햄릿이었나? 그건 절대 햄릿이 한 짓이 아니네. 햄릿이 제정신을 잃은 상태에서 레어티즈를 모독했다면 그건 햄릿의 소행이 아닐 걸세. 햄릿은 그걸 부정하네. 그럼 누가 했냐고? 그야 햄릿의 광기였지. 그러면 햄릿 역시 그 피해자 가운데 한 사람일세. 광기는 가엾은 햄릿의 적이기도 하네. 레어티즈, 내 무례가 고의가 아니었다는 사실을 여러분 앞에서 밝히니, 너그러운 마음으

로 나를 용서해 주게. 지붕 너머로 쏜 화살이 자신의 형
제에게 상처를 입힌 일이라고 생각해 주길 바라네.

레어티즈 그 말을 들으니 조금은 마음이 풀립니다. 인정을 생
각하면, 이 경우 격렬한 복수심을 일으켜야 옳은 일입니
다. 하지만 명예에 관한 한 어쩔 수가 없습니다. 화해할
수도 없을 겁니다. 높은 어른들께 여쭙고 이 정도면 화
해해도 신의 이름을 더럽히지 않는다는 그런 보증을 서
줄 때까지 타협에 동의할 수 없습니다. 그때까지 왕자님
의 우정을 받아들이고 그것에 거역하지는 않겠습니다.

햄릿 그 말 고맙게 받아들이겠네. 그러면 형제지간처럼 시합
해 보세. 검을 다오.

레어티즈 내게도 다오.

햄릿 내가 그대의 검이 되겠네, 레어티즈. 그대를 돋보이게
해 주마. 나의 미숙함에 비하면 자네 솜씨는 어두운 밤
의 샛별처럼 빛날 걸세.

레어티즈 놀리지 마십시오.

햄릿 놀리다니, 내가 그럴 수 있나.

클로디어스 오즈릭, 두 사람에게 검을 주어라. 햄릿, 내가 내
기를 건 사실을 아느냐?

햄릿 잘 알고 있습니다, 폐하! 약한 쪽에 유리한 조건을 걸겠

다고요.

클로디어스 난 그렇게 생각하지 않아. 둘의 실력을 잘 아니까. 상대가 센 것 같기에 네게 유리하게 했을 뿐이다.

레어티즈 이건 너무 무겁다. 다른 검을 다오. (탁자로 가 끝이 뾰족한 검을 든다.)

햄릿 (오즈릭에게 검을 받아들고) 이 검이 썩 괜찮군. 검의 길이는 모두 같겠지.

오즈릭 물론입니다.

(심판들과 시종들이 시합 준비를 한다. 다른 하인들이 포도주를 담은 병과 잔을 가지고 등장한다.)

클로디어스 포도주 잔을 탁자에 올려 두어라. 햄릿이 첫판이나 둘째 판에서 점수를 따거나 셋째 판에서 맞받아칠 때, 성벽에서 축포를 터트리도록 하라. 햄릿의 건투를 위해 과인은 축배를 들고 술잔에 진주를 던질 것이다. 덴마크 왕가에서 4대에 걸쳐 왕의 면류관에 달았던 것보다 훌륭한 진주로다. 술잔을 다오. 북을 쳐서 나팔수에게 알리고, 나팔수는 성 밖의 대포수에게 알려라. 포성을 하늘에 올려서 하늘은 대지에 전달케 하라. "왕이 햄릿을 위해 건배를 든다."라고. 시작하라. 심판관들은 잘 살펴보아라.

햄릿 덤벼라.

레어티즈 좋소.

　　　(1회전 시작)

햄릿 한 대!

레어티즈 아니오.

햄릿 심판, 어떻소?

오즈릭 명중입니다.

　　　(북소리, 나팔 소리, 대포 소리)

레어티즈 좋습니다. 그럼 2회전.

클로디어스 술을 부어라. (시종이 잔에다 술을 붓는다.) 햄릿, (진주를 들어 보이면서) 이 진주는 그대의 것, 너에게 주는 축배다! (술을 마시고 잔 속에다 진주를 넣는 척한다.) 햄릿에게 이 잔을.

햄릿 승부부터 결정지은 뒤 마시겠습니다. 잔은 잠시 놔두십시오.

　　　(2회전 시작)

햄릿 다시 한 대! 어떤가?

레어티즈 스쳤소, 분명히 스쳤소.

　　　(양인이 떨어져 선다.)

클로디어스 우리 아들이 승리할 것 같구려.

거트루드 땀을 흘리고 숨 가빠 하는군요. 여기 있다, 햄릿. 이 손수건으로 이마의 땀을 닦아 내렴. 너의 행운을 위해 축배를 들겠다, 햄릿.

햄릿 감사합니다, 왕비 마마!

클로디어스 왕비, 마시지 마오.

거트루드 폐하, 축배를 들게 해 주소서. (술을 마시고 햄릿에게 잔을 준다.)

클로디어스 (방백) 저건 독배야. 너무 늦었어.

햄릿 아직 마실 수 없습니다, 왕비 마마. 잠시 후에 마시겠습니다.

거트루드 네 얼굴을 어미가 닦아 주마.

레어티즈 폐하, 이번엔 제가 점수를 얻도록 하겠습니다.

클로디어스 그 생각을 못 했다.

레어티즈 (방백) 하지만 양심의 가책이 느껴진다.

햄릿 자, 3회전이다, 레어티즈. 나를 놀리는 모양인데……. 자, 덤벼라, 마음껏 실력 발휘를 해라. 나를 갖고 노는 건 딱 질색이다.

레어티즈 그렇게 생각하십니까?

(3회전 시작)

오즈릭 양쪽 무득점.

레어티즈 (갑자기) 자, 받아라!

(옆을 보는 틈을 노려 레어티즈가 햄릿을 가볍게 찌른다. 상대
방의 비겁한 행동에 햄릿은 격분한다. 우연히 두 사람의 칼이 바
뀐다.)

클로디어스 저들을 말려라.

햄릿 (공격한다.) 자, 덤벼라.

(왕비가 쓰러진다.)

오즈릭 왕비 마마를 돌봐 주십시오, 어서!

(햄릿이 레어티즈에게 상처를 입힌다.)

호레이쇼 두 분 모두 피를 흘리다니! 어찌 된 일입니까?

(레어티즈가 쓰러진다.)

오즈릭 이게 무슨 일입니까, 레어티즈 경?

레어티즈 제 덫에 걸린 바보 도요새가 됐다. 자신의 꾀에 넘
어가 죽으니 이게 바로 천벌이 아니겠는가.

햄릿 왕비 마마께서는 어찌 되신 일입니까?

클로디어스 피를 보고 기절한 모양이다.

거트루드 저 술이, 저 술이……. 오, 나의 사랑하는 햄릿…….
저 술이, 저 술이! 난 독약을 마셨다!

(왕비가 죽는다.)

햄릿 음모! 음모다! 문을 잠가라. 반역이다! 범인을 잡아

내라.

레어티즈 범인은 여기 있습니다, 햄릿 왕자님. 왕자님드 목숨을 잃게 되었습니다. 세상의 어떤 해독제도 소용디 없습니다. 역모의 도구는 당신 손에 쥐어져 있습니다 검 끝이 날카롭고 독이 묻어 있는 검이옵니다. 이 비열한 음모가 제게로 돌아왔습니다. 보십시오. 전 여기 이렇게 쓰러진 채, 다시는 일어나질 못합니다. 왕비 마마게서도 독약을 마셨나이다. 더는 말할 수 없습니다. 저 왕이 저지른 짓입니다.

햄릿 칼끝까지 독을 칠하다니! 독의 맛을 보아라. (왕을 찌른다.)

일동 반역이다, 반역이다!

클로디어스 과인을 보호하라.

햄릿 근친상간과 살해를 저지른 저주받을 덴마크 왕아! (강제로 독주를 마시게 한다.) 이 독을 마셔 끝장내라. 너의 진주가 들어 있느니라. 내 어머니를 뒤따르라.

(왕이 죽는다.)

레어티즈 자기가 탄 독을 스스로 마시고 죽는 것은 천벌입니다. 우리 서로 용서합시다, 햄릿 왕자님. 소신과 스신 부친의 죽음이 왕자님의 탓이 되지 않기를. 그리고 왕자님의 죽음도 소신의 탓이 아니기를 바라옵니다.

(레어티즈가 죽는다.)

햄릿 하늘도 그대를 용서할 것이다! 나도 그대를 따르겠네. (햄릿이 쓰러진다.) 호레이쇼, 나도 끝장이다. 불쌍한 왕비 마마, 잘 가시오! 그대들은 이 사건을 보고 새파랗게 질려 있군. 연극 속의 무언 배우나 관객에 불과하구나. 죽음의 사자가 사정없이 날 끌고 가려고 하는구나. 오, 하고 싶은 말도 많은데. 그만두어야지. 호레이쇼, 난 가네. 자넨 살아남아서 사실대로 알지 못하는 사람들에게 내 생각을 밝혀 주게.

호레이쇼 그런 생각 마십시오. 전 덴마크의 핏줄이오나, 정신은 로마인이고자 합니다. 술잔에 독이 남아 있습니다. (잔을 쥔다.)

햄릿 (일어서서) 그대가 대장부라면 그 잔을 이리 주게. 놓으래도. 제발 이리 줘! (호레이쇼의 손을 쳐 잔을 바닥에 떨어뜨리고 쓰러진다.) 호레이쇼, 이대로 경위를 밝히지 않고 놔둔다면 사후에 어떤 오명이 남을지 모를 것 아닌가! 그대가 진정으로 날 생각해 준다면 잠시 죽음의 행복을 멀리하고, 이 욕된 세상에 살아남아 괴로움을 참고 살아가면서 내 얘기를 전해 주게나. (멀리서 진군하는 소리가 들려온다. 곧이어 대포 소리. 오즈릭 퇴장) 저 우렁찬 소리는 무엇인가?

오즈릭 (돌아서서) 포틴브라스 왕자가 폴란드를 정복하고 돌아오는 길에 영국 사절을 만나 예포를 발사하는 것입니다.

햄릿 난 죽네, 호레이쇼. 매서운 독 기운이 퍼져 정신이 마비됐어. 영국에서 온 소식도 이젠 들을 겨를이 없구나. 유언을 전하겠네. 왕위 계승은 포틴브라스에게 하라. 그게 유언일세. 그리 전하게. 그동안 일어났던 많은 사정도 함께 전하게. 남은 건 침묵뿐이로다.

(햄릿이 죽는다.)

호레이쇼 이제 거룩하신 마음도 부서지고 말았구나. 평안히 가십시오. 어진 왕자님. 저 천사들의 노래를 들으며 고이 잠드소서! 무슨 일이지? 북소리가 가까이 다가오니……

(포틴브라스 왕자, 영국 사절들, 그 밖의 사람들 등장)

포틴브라스 이 무슨 변고인가?

호레이쇼 무엇을 보려 하십니까? 이보다 더 비참한 광경이 여기 말고 또 어디 있겠습니까?

포틴브라스 이 시체 더미가 무참한 학살을 보여 주는구나. 교

만한 죽음아! 너의 영겁의 나락에서 어떤 잔치를 베풀기 위해 이렇듯 수많은 왕족을 죽였느냐?

사절1 처참한 광경입니다. 영국에서 방금 가져온 보고는 너무 늦었나 봅니다. 보고를 드리려 해도 들어 주실 분의 귀는……. 벌써 듣는 힘을 잃었습니다……. 대명을 이행해 로젠크란츠와 길던스턴을 처단했다는 말을 전하고자 왔나이다. 저희는 치하의 말씀을 들을 수 없게 됐습니다.

호레이쇼 국왕이 살아 계셨더라도 치하하지 않았을 겁니다. 사형을 내리신 분은 국왕이 아니셨습니다. 하지만 피비린내 나는 참극과 때를 함께해 한 분은 폴란드 원정에서 또 한 분은 영국에서 오셨으니, 이 시체들은 모든 사람이 볼 수 있게 높은 단상에 모시도록 명령해 주십시오. 제가 이 참변의 자초지종을 알지 못하는 세상 사람들에게 설명할 수 있도록 말입니다. 간계에 몰린 살육, 교묘한 방법과 부득이한 사유로 짜인 죽음의 덫, 빗나간 간계가 장본인들의 머리 위에 떨어지게 된 경위, 그 밖의 모든 것을 사실대로 설명해 드리겠습니다.

포틴브라스 그 경위를 말씀하시오. 중신들을 이 자리에 모아 주시오. 슬픔 속에서도 나는 행운을 받아들일 것이오.

이 왕국에 대해서는 나도 권리를 가지고 있소. 이 기회에 내 권리를 요구하는 것이오.

호레이쇼 그것에 대해서는 저 역시 말씀드릴 것이 있습니다. 햄릿 왕자님의 최후 말씀은 많은 사람의 찬동을 걷은 것으로 생각됩니다. 하지만 아까 부탁드린 일부터 처리해 주십시오. 민심이 소란한 틈을 타서 행여 음모나 오해 때문에 더는 불상사가 일어나지 않게 하기 위해서입니다.

포틴브라스 햄릿 왕자의 시신을 단상 위에 안치하라. 기회만 얻었다면 그분은 만세에 빛날 현왕으로 남았을 것이다. 왕자의 서거를 애도하기 위해 조포를 소리 높이 울려라. 만천하에 그 소리를 알리도록 하라. 모든 시체를 치워라. 이런 광경은 싸움터에나 어울릴 뿐 여기서는 적합하지 않다. 병사들에게 조포를 쏘게 하라.

(병사들이 시체를 들고 퇴장한다. 대포 소리가 들린다.)

햄릿

작품 해설 및 작가 연보

「햄릿(Hamlet)」 작품 해설

1. 작가의 생애

월리엄 셰익스피어(William Shakespeare, 1564~1616)는 오늘날 연극 무대에서 가장 많이 호출되는 작가다. 「햄릿(Hamlet)」은 전 세계에서 가장 많이 상연된 작품으로 꼽힌다. 셰익스피어가 서거한 지 400년이 지났지만, 그의 작품은 시대를 초월해 사랑받고 있다. 그의 작품에는 인류의 역사와 인간의 내면에 대한 통찰이 담겨 있다.

셰익스피어는 1564년 잉글랜드 워릭셔 주 스트랫퍼드 어폰 에이번에서 태어났다. 그의 아버지 존 셰익스피어는 비교적 부유한 상인이었다. 그의 유년기는 유복했던 것으로 추측된다. 하지만 성장 과정에서 가세가 기울기도 했다.

당시 영국은 엘리자베스 여왕(Elizabeth I, 1533~1603) 통치기였다. 이 시기에 영국 왕실은 연극을 장려했다. 1572년에는 극단에 면허를 주는 칙령을 내리기도 했다. 면허를 취득한 사람들은 배우로서 법적 보호를 받았다. 학교에서는 많은 희곡 작품이 창작됐다.

셰익스피어는 1580년대 후반에서 1590년 사이에 런던에 도착했다. 그는 런던에서 연극과 예술에 눈을 떴다. 그는 1595년까지 '챔벌린 극단(The Lord Chamberlain's Company)'에서 배우 생활을 했다. 1599년에는 동료들과 '글로브 극장'을 설립해 공동 소유주로 활동하기도 했다. '글로브 극장' 이름은 「햄릿」에도 등장한다.

셰익스피어는 희곡 38편, 소네트 154편, 장시 2편을 썼다. 그의 희곡은 크게 역사극, 희극, 비극으로 나뉜다.

역사극으로는 「리처드 2세(Richard II)」, 「리처드 3세(Richard III)」, 「헨리 4세(Henry IV)」 등이 있고, 희극으르는 「한여름 밤의 꿈(A Midsummer Night's Dream)」, 「뜻대로 하세요(As You Like It)」 등이 있다.

셰익스피어는 특히 비극을 통해 천재성을 인정받았다. 「햄릿(Hamlet)」, 「오셀로(Othello)」, 「리어왕(King Lear)」, 「맥베스(Macbeth)」는 4대 비극으로 꼽힌다. 「로미오와 줄리엣(Romeo and Juliet)」, 「줄리어스 시저(Julius Caesar)」도 세기의 걸작으로 불린다.

셰익스피어의 희곡에는 은유적인 표현이 많다. '사느냐 죽느냐. 이것이 문제로다.', "내가 누구인지 말할 수 있는 자는 누구인가?” 등 그의 작품 속 시적인 대사는 범용성이 높아 예술 작품 소재로 활용되기도 한다. 그의 작품은 이 순간에도 문학, 연극, 뮤지컬, 영화, 미술 등 수많은 형태로 재생산되고 있다.

2. 시대를 초월한 비극

– 『시학』으로 읽은 「햄릿」

「햄릿」은 셰익스피어 4대 비극 중 첫 번째로 완성된 작품이다. 원제는 ‘덴마크 왕자 햄릿의 비극(The Tragedy of Hamlet, Prince of Denmark)’이다. 이 작품은 덴마크 왕자 햄릿이 자신의 아버지를 죽이고 어머니와 결혼한 클로디어스에게 복수하는 과정에서 일어나는 일을 그린다. 엘리자베스 시대에 유행하던 복수극 형식을 취하면서도 인간 내면에 대한 성찰을 담아냈다는 점에서 높은 평가를 받았다.

「햄릿」은 의문과 수수께끼로 이루어진 희곡이다. 이 때문에 서구 문학사의 ‘모나리자’로도 불린다. 1막에 등장하는 선왕 유령은 자신의 죽음에 대한 수수께끼를 남기고 떠난다. 햄릿은 유령의 말이 진실인지 확인하기 위해 고군분투한다. 그는 일부러 미친 척 연기하기도 하고, 연극을 열어 클로디어스의 잘못을 가리려고 한다. 햄릿은 이 과정에서 자기 자신을 알아 간다.

　아리스토텔레스는 『시학』에서 훌륭한 비극의 조건을 제시했다. 아리스토텔레스는 비극의 플롯은 단순하지 않고 복잡해야 한다고 말했다. 플롯이 복잡하려면 사태가 반대 방향으로 변하는 급전(急轉)이 있어야 한다. 급전은 플롯 안에서만 발생할 수 있기에 개연적이고 필연적인 인과 관계를 갖추고 있어야 한다. 아리스토텔레스는 주인공의 운명이 불행에서 행복으로 바뀌어서는 안 되고 행복에서 불행으로 바뀌어야 한다고 했다.[1]

　비극의 주인공은 선량한 성격의 소유자여야 한다. 아리스토텔레스는 비극이 소기의 목적을 달성하려면 선량하고 고결한 성격을 가진 자가 극을 끌어가야 한다고 했다. 가령 나쁜 의도를 가진 인물이 나쁜 행동을 해서 벌을 받는다면, 이는 권선징악을 표현한 이야기에 불과하다. 다만 선량한 사람이 불행을 겪는 경우는 다르다. 그는 비행이나 악덕이 아닌 운명의 소용돌이 속에서 필연적으로 발생하는 과실 때문에 불행을 겪는다.

---

[1] 아리스토텔레스 지음, 천병희 옮김, 『시학』, 문예출판사, 2014, 8)쪽.

「햄릿」의 플롯은 급전(急轉)을 수반한다. 처음에 햄릿은
아버지의 원수인 클로디어스에게만 복수하려고 한다. 그는
복수를 꾀하는 과정에서 폴로니어스를 죽이고 만다. 클로디
어스는 폴로니어스의 아들 레어티즈에게 아버지를 죽인 자
가 누구인지 알린다. 이로써 햄릿 역시 타인의 원수가 된다.

> **레어티즈** 복수의 상대는 아버지의 원수뿐이오.
>
> **클로디어스** 그 원수가 누군지 알고 싶은가?
>
> **레어티즈** 훌륭한 친구들은 두 팔을 벌리고 얼마든 환영하
> 겠소. 자기 가슴에서 나오는 피로 새끼를 기른다는 펠
> 리컨처럼 내 피를 짜서라도 그에게 바치겠소.
>
> **클로디어스** 당연히 그래야지. 이제야 사나이 대장부다운
> 말을 하는구나. 나는 네 아버지의 죽음에 아무런 책임
> 도 없다. 오히려 누구보다 네 아버지의 죽음을 슬퍼하
> 고 있다. 태양이 네 눈에 비치듯이 네게 조금만 분별이
> 있다면 그런 사실을 곧 알게 될 것이리라.

「햄릿」은 복수극의 형식을 띤다. 극의 초반부에서 복수의
이해 당사자는 햄릿과 클로디어스뿐이다. 하지만 폴로니어
스의 죽음은 슬픔과 원한을 연쇄적으로 촉발한다. 이 희곡에

서는 여섯 명의 인물이 죽는다. 폴로니어스, 오필리어, 거트루드, 레어티즈, 클로디어스, 햄릿이다. 각각의 죽음은 다른 죽음과 인과 관계를 맺는다. 폴로니어스와 오필리어의 죽음은 레어티즈가 복수심을 불태우는 계기가 된다.

클로디어스는 아버지의 원한을 밝히려는 햄릿을 브며 위기를 느낀다. 그래서 검술 시합을 열어 햄릿을 제거하려고 한다. 그는 레어티즈가 사용할 칼끝에 독을 묻히고, 햄릿에게 건넬 포도주에도 독을 탄다. 거트루드는 이 사실을 모르고 독이 들어간 포도주를 마신다. 거트루드의 죽음으로 음모를 알아차린 햄릿은 비로소 클로디어스에게 복수한다.

레어티즈와 햄릿은 검술 시합 후반부에 서로를 용서한다. 하지만 이때는 두 사람 모두 몸에 독이 퍼진 상태였다.

햄릿 근친상간과 살해를 저지른 저주받을 덴마크 왕아!
　(강제로 독주를 마시게 한다.) 이 독을 마셔 끝장내라.
　너의 진주가 들어 있느니라. 내 어머니를 뒤따르라.
　(왕이 죽는다.)

레어티즈 자기가 탄 독을 스스로 마시고 죽는 것은 천벌입니다. 우리 서로 용서합시다, 햄릿 왕자님. 소신과 소신
　부친의 죽음이 왕자님의 탓이 되지 않기를. 그리고 왕

자님의 죽음도 소신의 탓이 아니기를 바라옵니다.

(레어티즈가 죽는다.)

햄릿 하늘도 그대를 용서할 것이다! 나도 그대를 따르겠네. (햄릿이 쓰러진다.) 호레이쇼, 나도 끝장이다. 불쌍한 왕비 마마, 잘 가시오! 그대들은 이 사건을 보고 새파랗게 질려 있군. 연극 속의 무언 배우나 관객에 불과하구나. 죽음의 사자가 사정없이 날 끌고 가려고 하는구나. 오, 하고 싶은 말도 많은데. 그만두어야지. 호레이쇼, 난 가네. 자넨 살아남아서 사실대로 알지 못하는 사람들에게 내 생각을 밝혀 주게.

아리스토텔레스는 복잡한 플롯의 요건으로 '급전' 외에 '발견'을 제시했다. '발견'이란 '무지'의 상태에서 '지'의 상태로 이행하는 것을 의미한다.[2] 인물들은 행동의 결과에 따라 화해하기도 하고 적으로 남기도 한다. 복수는 엘리자베스 시대에 가장 인기 있는 소재였다. 많은 복수극 중 특히 「햄릿」이 시대를 초월한 작품으로 불리는 것은 이 희곡이 단지 복수만을 그린 이야기가 아니기 때문이다. 햄릿은 복수를 향한 열망

---

2) 아리스토텔레스 지음, 천병희 옮김, 『시학』, 문예출판사, 2014, 71쪽.

과 양심 사이에서 끊임없이 고뇌한다.

　햄릿은 클로디어스를 죽이기 위해 칼을 빼 들기도 한다. 하지만 그는 복수를 망설인다. 양심 때문이다. 이는 햄릿의 신중한 성격을 나타낸다.

　　햄릿 (복도 입구에서) 기회는 지금이다. 저자가 기도를 드리는 동안…… 단칼에 해치우자. (칼을 빼 든다.) 그렇게 하면 저자를 천당으로 보내고 나는 원수를 갚게 되지 않는가. 가만있자, 이건 생각해 볼 문제 아닌가. 저 악당이 나의 아버지를 살해했는데 그 보답으로 외아들인 나는 복수랍시고 저 악당을 천국으로 보낸다? 안 된다! 이건 복수가 아닌 사례를 해 주는 거야. 저자에게 나의 아버지가 살해당하셨을 때, 아버지는 현세의 욕망을 그대로 짊어진 상태였다. 죄악이 5월의 꽃처럼 만개했을 때 살해당하지 않았는가! 아버지가 저승에 가서 무슨 심판을 받을지 하느님 외에는 아무도 알 수 없지 않은가? 하지만 아무리 생각해도 아버지도 중형을 면하기 어려웠을 거야. 하지만 저자가 저렇게 기도하면서 영혼을 깨끗이 씻고, 천국행 준비를 하는 판에 죽여 버린다? 이게 바로 내가 원한 복수인가? 천관에!

그렇게 할 수는 없어. (칼을 도로 집어넣는다.) 칼이여,
다시 돌아가라. 조금 더 끔찍한 순간을 기다려라. 왕이
만취해 잠들었을 때, 노여움에 치를 떨 때, 이불 속에
서 쾌락을 탐닉할 때, 도박을 하거나 거친 욕설을 퍼부
을 때, 구원받을 희망이 없는 못된 짓을 하고 있을 때,
그때 행동하자. 그러면 저자는 천당을 발뒤꿈치로 걸
어차고, 깜깜한 지옥으로 가 버릴 것이다. 지옥만큼 영
혼이 시커멓게 그을려 굴러 떨어질 것이다. 어머니가
기다리겠지. 네가 지금은 기도하고 있지만, 그건 네 고
통을 길게 끌고 갈 뿐이다.

복수 과정에서, 그는 그 역시 타인에게 잘못을 저질렀다
는 사실을 깨닫는다. '지'의 상태로 나아간 것이다. 이러한 과
정에는 고통이 따른다.

햄릿 사느냐 죽느냐. 이것이 문제로다. 가혹한 운명의 화살
이 꽂힌 고통을 죽은 듯 참는 것이 과연 장한 일인가.
아니면 두 손으로 거친 파도처럼 밀려드는 재앙과 싸
워서 물리치는 것이 옳은 일인가. 죽는 건 그저 잠드는
것일 뿐. 그뿐 아닌가. 잠들면 우리 마음의 고통과 육

체에 끊임없이 따라붙는 무수한 고통이 모두 다 끝나 버린다. 죽음은 우리가 그토록 열렬히 바라는 삶의 결말이 아닌가. 그러면 꿈도 꾸겠지. 그건 괴로운 일이야. 이 세상의 번뇌를 벗어나 영원한 잠자리에 들 때, 우리에게 어떤 꿈이 나타날지 생각하면 다시 망설일 수밖에 없도다. 이런 주저함 때문에 인생은 평생 불행할 수밖에 없지 않은가.

3. 인간의 고뇌를 담은 작품

「햄릿」의 대사나 장면은 수많은 책과 영화의 소재로 활용됐다. 할리우드 감독 에른스트 루비치(Ernst Lubitsch, 1892~1947)는 햄릿의 대사를 따서 〈사느냐 죽느냐〉라는 코미디 영화를 만들었다. 철학자 자크 데리다(Jacques Derrida, 1930~2004)는 『마르크스의 유령들』에서 「햄릿」을 인용했다. 「햄릿」의 모든 사건은 유령의 등장 때문에 촉발된다. 데리다는 『공산당 선언』의 첫 구절 "하나의 유령이 유럽을 배회하고 있다. 공산주의라는 유령이."를 통해 햄릿의 서두를 떠올린다.

「햄릿」의 대사는 수백 년이 흐른 뒤에도 끊임없이 재해석

될 것이다.「햄릿」에는 인간의 본질적인 고뇌가 담겨 있기 때문이다. 햄릿이 처한 상황은 일반적이지 않다. 하지만 햄릿의 심리 변화는 누구나 공감할 수 있는 것이다. 햄릿은 원수에게 원한을 품고, 복수를 계획하고, 복수심과 양심 사이에서 갈등한다. 이러한 갈등 속에서 자기 자신의 존재를 깨닫는다. 햄릿의 대사는 인간이 자기 존재에 가지는 의문에 대한 은유를 담고 있다.

햄릿이 자기 존재를 처음부터 수월하게 깨달은 것은 아니다. 작품 초반부에서 그는 유령이 남긴 말 때문에 혼돈에 빠진다. 그는 말의 진위를 확인하기 위해 미친 척 연기하기도 하고, 극중극을 시연하기도 한다. 클로디어스가 아버지를 죽였다는 사실을 알게 된 이후에는 복수심을 주체하지 못한다. 이 과정에서 살인을 저지르고 업(karma)을 쌓는다. 그는 자기 행동으로 촉발된 결과를 보며 자신의 과실을 인정한다. 그렇게 그는 자신의 존재에 한발 다가간다. 또한 죽음 앞에서도 초연해진다.

호레이쇼 마음이 내키지 않거든 당장 그만두시지요. 왕자님이 불편하다고 말씀드려서 그분들이 오시지 않도록 하겠습니다.

햄릿 그럴 필요 없네. 예감이 뭐 별거 있는가. 난 무시하네. 참새 한 마리가 떨어지는 것도 자연의 섭리가 있는 것 아닌가. 그게 지금이라면 다음은 오지 않을 것이고……. 다음에 오지 않는다면 지금 올 것이 분명하다. 만약 지금 오지 않더라도 언젠가는 꼭 오는 법. 각오만 있으면 돼. 죽은 뒤의 일을 누가 아는가. 일찍 죽은들 아쉬울 것도 없다네. 될 대로 되라지.

「햄릿」의 중심 플롯은 햄릿이 아버지의 원수를 갚기 위해 복수하는 내용이다. 그 이면에는 끈질긴 존재 탐구의 여정이 담겨 있다. 햄릿은 복수와 양심, 운명과 우연, 과실과 정당성, 현세와 내세의 가치 속에서 끊임없이 갈등한다.

이는 셰익스피어 비극의 전반적인 특성이기도 하다. 독자는 셰익스피어의 비극을 읽으면서 자기 자신의 고뇌를 떠올릴 것이다. 그리고 미국 작가인 클리프턴 패디먼(Clifton Fadiman, 1904~1999)이 남긴 말처럼 "셰익스피어 작품에서 아무것도 찾지 않아도, 독자는 뭔가를 찾아낼" 것이다.

작가 연보

1564년 잉글랜드 스트랫퍼드 어폰 에이번에서 태어남. 존 셰익스피어와 메리 아든 사이에서 8남매 중 맏아들로 출생.

1577년 가정 형편 때문에 학업을 중단함.

1582년 여덟 살 연상인 앤 해서웨이와 결혼함.

1583년 첫 딸인 수잔나가 태어남.

1585년 아들 햄닛과 딸 쥬디스 쌍둥이 남매가 태어남.

1588~1589년 런던에서 최초 극작품들이 공연됨.

1590~1592년 「베로나의 두 신사」, 「실수 희극」, 「헨리 6세」(1, 2, 3부)가 제작됨. 로버트 그린의 "벼락출세한 이"라는 언급을 통해 런던 연극계에서 셰익스피어의 이름이 처음으로 거론됨.

1593~1594년 장시인「비너스와 아도니스」와「루크리스의 능욕」을 발표함.「말괄량이 길들이기」를 제작함.

1595~1597년「로미오와 줄리엣」,「리처드 2세」,「존 왕」,「한여름 밤의 꿈」,「사랑의 헛수고」가 제작됨. 1595년에 챔벌린 극단의 주주가 됨. 이때부터 배우, 극작가, 주주로 활동이 시작됨.

1596년 아들 햄닛이 11세의 나이로 사망함.

1597~1598년「헨리 4세」(1, 2부),「헨리 5세」,「헛소동」을 제작함.

1599년 글로브 극장을 건립함.

1598~1600년「헨리 5세」,「줄리어스 시저」,「뜻대로 하세요」를 제작함.

1600~1601년「햄릿」,「윈저의 즐거운 아낙네들」,「십이야」를 제작함.

1601년 아버지 존 셰익스피어가 사망함.

1602년 「트로일러스와 크레시다」를 제작함.

1603~1605년 「오셀로」, 「끝이 좋으면 다 좋아」, 「아테네의 타이먼」을 제작함.

1605~1606년 「리어왕」, 「맥베스」, 「안토니와 클레오파트라」를 제작함.

1607년 「페리클리즈」를 제작함.

1608년 「코리오레이너스」를 제작함. 어머니 메리 아든이 사망함.

1609년 「심벨린」, 「소네트의 집」을 출판함. 셰익스피어의 극단이 블랙프라이어즈 극장을 매입함.

1610년 런던에서 스트랫퍼드로 귀향함.

1613~1614년 「헨리 8세」, 「두 귀족 친척」을 제작함.

1616년 사망해 스트랫퍼드 어폰 에이번의 성 트리니티 교회
에 안장됨.

거장의 숨소리를 만나는 특별한 여행

001 │ **위대한 개츠비 × F. 스콧 피츠제럴드** Francis Scott Key Fitzgerald
• 〈타임〉 선정 '현대 100대 영문 소설' • 랜덤하우스 선정 '20세기 100대 영문 소설' 2위
• BBC 선정 '반드시 읽어야 할 고전'

002 │ **동물농장 × 조지 오웰** George Orwell
• 〈타임〉 선정 '현대 100대 영문 소설' • 미국 대학위원회 SAT 추천 도서 • 〈뉴스위크〉 선정 '세계 100대 명저' • BBC 선정 '지난 1,000년간 최고의 문학가' 3위

003 │ **노인과 바다 × 어니스트 헤밍웨이** Ernest Hemingway
• 노벨 연구소 선정 '세계 문학 100대 작품' • 〈뉴스위크〉 선정 '세상을 움직인 100권의 책'
• 우리나라 문인이 가장 선호하는 '세계 문학 100선'

004 │ **데미안 × 헤르만 헤세** Herman Hesse
• 미국 대학위원회 SAT 추천 도서 • 1946년 노벨 문학상 수상 작가 • 우리나라 문인이 가장 선호하는 '세계 문학 100선'

005 006 007 │ **오만과 편견 × 제인 오스틴** Jane Austen
• 미국 대학위원회 SAT 추천 도서 • 노벨 연구소 선정 '세계 문학 100대 작품'
• BBC 선정 '지난 1,000년간 최고의 문학가' 2위

008 009 │ **1984 × 조지 오웰** George Orwell
• 〈타임〉 선정 '현대 100대 영문 소설' • 〈뉴스위크〉 선정 '역대 세계 최고의 책' 2위
• BBC 선정 '지난 1,000년간 최고의 문학가' 3위

010 │ **이방인 × 알베르 카뮈** Albert Camus
• 미국 대학위원회 SAT 추천 도서 • 1957년 노벨 문학상 수상 작가 • 노벨 연구소 선정 '세계 문학 100대 작품' • 우리나라 문인이 가장 선호하는 '세계 문학 100선'

*** | **폭풍의 언덕 × 에밀리 브론테** Emily Bronte
- 미국 대학위원회 SAT 추천 도서
- BBC 선정 '반드시 읽어야 할 고전'
- 〈옵서버〉 선정 '인류 역사상 가장 훌륭한 책'
- 국립중앙도서관 선정 '청소년 권장 도서'

*** | **독일인의 사랑 × 프리드리히 막스 뮐러** Friedrich Max Müller
- 한국출판문화산업진흥원 선정 '대학 신입생 추천 도서'

*** | **도리언 그레이의 초상 × 오스카 와일드** Oscar Wilde
- 미국 대학위원회 SAT 추천 도서   • 〈동아일보〉 선정 '우리나라 명사들의 추천 도서'

*** | **이상한 나라의 앨리스 × 루이스 캐럴** Lewis Carroll
- BBC 선정 '영국인이 즐겨 읽은 책 100선'   • 영국 최고 아동 도서 50선

*** | **두 도시 이야기 × 찰스 디킨스** Charles John Huffam Dickens
- 미국 대학위원회 SAT 추천 도서   • 미국 하버드대학교 선정 '신입생 추천 도서'

*** | **오페라의 유령 × 가스통 르루** Gaston Leroux
- 세계 4대 뮤지컬인 〈오페라의 유령〉 원작

*** | **월든 × 헨리 데이비드 소로** Henry David Thoreau
- 미국 대학위원회 SAT 추천 도서

*** | **킬리만자로의 눈 × 어니스트 헤밍웨이** Ernest Hemingway
- 1954년 노벨 문학상 수상 작가

*** | **오즈의 마법사 × 라이먼 프랭크 바움** L. Frank Baum
- 미국 대학위원회 SAT 추천 도서
- 연세대학교 선정 '필독 도서'

*** | **레 미제라블 1~5 × 빅토르 위고** Victor Marie Hugo
- 세계 4대 뮤지컬인 〈레 미제라블〉 원작   • WTO 북클럽 추천 도서

*** | **파우스트 1~2 × 요한 볼프강 폰 괴테** Johann Wolfgang von Goethe

- 미국 대학위원회 SAT 추천 도서
- 서울대학교 선정 '권장 도서 100선'
- 국립중앙도서관 선정 '청소년 권장 도서'

*** | **바냐 아저씨 × 안톤 체호프** Anton Pavlovich Chekhov

- 서울대학교 선정 '동서 고전 100선'

*** | **로미오와 줄리엣 × 윌리엄 셰익스피어** William Shakespeare

- 미국 대학위원회 SAT 추천 도서
- 서울대학교 선정 '동서 고전 200선'

*** | **바람이 분다 × 호리 다쓰오** Tatsuo Hori

- 애니메이션 〈바람이 분다〉 원작

*** | **세 가지 질문 × 레프 니콜라예비치 톨스토이** Leo Nikolayevich Tolstoy

- 영어권 문학가들이 뽑은 '가장 좋아하는 작가'

*** | **맥베스 × 윌리엄 셰익스피어** William Shakespeare

- 미국 대학위원회 SAT 추천 도서
- 서울대학교 선정 '권장 도서 100선'
- 연세대학교 선정 '필독 도서 200선'
- 국립중앙도서관 선정 '청소년 권장 도서'

*** | **외투·코 × 니콜라이 바실리예비치 고골** Nikolai Vasilievich Gogol

- 러시아 단편 소설의 모태가 된 작품

*** | **리어 왕 × 윌리엄 셰익스피어** William Shakespeare

- 미국 대학위원회 SAT 추천 도서 · 〈뉴스위크〉 선정 '세계 100대 명저'
- 〈가디언〉 선정 '권장 도서'

*** | **좁은 문 × 앙드레 지드** Andr-Paul-Guillaume Gide

- 1947년 노벨 문학상 수상 작가

***** | 주홍색 연구 × 아서 코난 도일** Arthur Conan Doyle
- BBC 드라마 〈셜록〉 원작

***** | 제인 에어 1~2 × 샬럿 브론테** Charlotte Bronte
- 〈옵서버〉 선정 '인류 역사상 가장 훌륭한 책'
- 〈가디언〉 선정 '세계 100대 최고의 책'
- BBC 선정 '반드시 읽어야 할 고전' • 미국 대학위원회 SAT 추천 도서

***** | 피아노 치는 여자 × 엘프리데 옐리네크** Elfriede Jelinek
- 2004년 노벨 문학상 수상 작가

***** | 왼손잡이 × 니콜라이 레스코프** Nikolai Semyonovich Leskov
- 러시아 사람들이 가장 좋아하는 소설

***** | 마음 × 나쓰메 소세키** Natsume Sosek
- 서울대학교 선정 '권장 도서 100선'

***** | 실낙원 1~2 × 존 밀턴** John Milton
- 단테의 『신곡』과 함께 '최고의 기독교 서사시'로 꼽히는 작품

***** | 복낙원 × 존 밀턴** John Milton
- 기독교 서사시 『실낙원』의 속편

***** | 테스 1~2 × 토머스 하디** Thomas Hardy
- 미국 대학위원회 SAT 추천 도서
- BBC 선정 '영국인이 사랑한 도서 100선'
- 서울대학교 선정 '고등학생 권장 도서 100선'

***** | 어머니 이야기 × 한스 크리스티안 안데르센** Hans Christian Andersen
- 1846년 덴마크 단네브로 훈장 수상 작가

***** | 야간 비행 × 앙투안 드 생텍쥐페리** Antoine Marie Roger De Saint Exupery
- 1931년 페미나 문학상 수상 작가

*** | **톰 소여의 모험**×**마크 트웨인** Mark Twain
- 1876년 출간 이후 절판된 적이 없는 스테디셀러

*** | **포로기**×**오오카 쇼헤이** Shohei Ooka
- 제1회 요코미쓰 리이치상 수상 작가

*** | **인공호흡**×**리카르도 피글리아** Ricardo Piglia
- 1997년 플라네타상 수상 작가
- 아르헨티나 작가 선정 '아르헨티나 역사상 가장 위대한 10대 소설'

*** | **정글북**×**조지프 러디어드 키플링** Joseph Rudyard Kipling
- 1907년 노벨 문학상 최연소 수상 작가
- 애니메이션, 영화 〈정글북〉 원작

*** | **신곡―연옥**×**단테 알리기에리** Alighieri Dante
- 미국 대학위원회 SAT 추천 도서 ・〈뉴스위크〉 선정 '세계 100대 명저'
- 서울대학교 선정 '권장 도서 100선' ・국립중앙도서관 선정 '고전 100선'

*** | **황금 물고기**×**J.M.G. 르 클레지오** Jean-Marie-Gustave Le Clezio
- 2008년 노벨 문학상 수상 작가

*** | **판탈레온과 특별봉사대**×**마리오 바르가스 요사** Mario Vargas Llosa
- 〈포린 폴리시〉 선정 '가장 영향력 있는 지식인 100인'
- 1994년 세르반테스상 수상 작가

*** | **잠자는 숲속의 공주**×**샤를 페로** Charles Perrault
- 애니메이션 〈잠자는 숲속의 공주〉 원작

*** | **나귀 가죽**×**오노레 드 발자크** Honore de Balzac
- 작가의 '철학 연구'의 첫 번째 자리에 배치된 작품

*** | **노예 12년**×**솔로몬 노섭** Solomon Northup
- 영화 〈노예 12년〉 원작

*** | **둔황×이노우에 야스시** Yasushi Inoue
- 1960년 제1회 마이니치예술대상 수상작
- 1976년 일본 문화 훈장 수상 작가

*** | **어느 어릿광대의 견해×하인리히 뵐** Heinrich Boll
- 1972년 노벨 문학상 수상 작가

*** | **웃는 남자 1~3×빅토르 위고** Victor Marie Hugo
- 영화, 뮤지컬 〈웃는 남자〉 원작
- 한국간행물윤리위원회 선정 '청소년 권장 도서'

*** | **휴먼 스테인×필립 로스** Philip Roth
- 1997년 퓰리처상 소설 부문 수상 작가

*** | **바보들을 위한 학교×사샤 소콜로프** Sasha Sokolov
- 1996년 푸쉬킨 메달 수상 작가

*** | **톰 아저씨의 오두막 1~2×해리엇 비처 스토** Harriet Beecher Stowe
- 미국 최초의 밀리언셀러 소설

*** | **아버지와 아들×이반 세르게예비치 뚜르게네프** Ivan Sergeevich Turgenev
- 미국 대학위원회 SAT 추천 도서
- 서울대학교 선정 '동서 고전 200선'
- 우리나라 문인이 가장 선호하는 '세계 문학 100선'

*** | **베니스의 상인×윌리엄 셰익스피어** William Shakespeare
- BBC 선정 '지난 1,000년간 최고의 문학가' 1위

*** | **해부학자×페데리코 안다아시** Federico Andahazi
- 16세기에 실존한 해부학자 마테오 콜롬보를 다룬 소설

*** | **긴 이별을 위한 짧은 편지×페터 한트케** Peter Handke
- 1979년 카프카상 수상 작가

******* | **호텔 뒤락 × 애니타 브루크너** Anita Brookner

• 1984년 부커상 수상 작가 • 1990년 대영제국 커맨더 훈장 수상 작가

******* | **잔해 × 쥘리앵 그린** Julien Green

• 1970년 아카데미 프랑세즈 문학 대상 수상 작가

******* | **절망 × 블라디미르 나보코프** Vladimir Nabokov

• 1931년 독일의 살인 사건을 다룬 소설

******* | **더버빌가의 테스 × 토머스 하디** Thomas Hardy

• 1910년 공로 훈장 수상 작가

******* | **몰락하는 자 × 토마스 베른하르트** Thomas Bernhard

• 1983년 프레미오 몬델로상 수상 작가

******* | **한밤의 아이들 1~2 × 살만 루슈디** Salman Rushdie

• 문학사상 최초로 부커상 3회 수상 작품

생각뿔 세계문학 미니북 클라우드 라이브러리는 계속 출간됩니다.

******* 근간 목록은 발간 순에 따라 변경될 수 있습니다.

옮긴이 | 안영준

고려대학교를 졸업했다. '언어적 감각'이 뛰어난 IQ 158 멘사 회원이다. 공립 중등국어교사로 8년 동안 근무했으며 대치동에서 논술 전임강사로 활동하기도 했다. 현재는 1인 지식 창업 및 책 쓰기 코칭을 하며 영한 번역을 하고 있다. 옮긴 책으로는 『1984』, 『데미안』, 『위대한 개츠비』, 『노인과 바다』, 『동물농장』, 『오만과 편견』, 『이방인』 등이 있다.

해설 | 권나은

한국예술종합학교 연극학과를 졸업했다. 학부 시절 연극비평웹진 비정기 필자로 일했다. 졸업 후에는 온라인 매체 기자로 일하며 문화 · 사회 분야 기사를 썼다. 현재 세계 문학 단행본 편집 업무와 희곡 작품 해설 집필을 병행하고 있다.

햄릿

1판 1쇄 발행 2019년 1월 11일

지은이 윌리엄 셰익스피어
옮긴이 안영준
해설 권나은
펴낸이 생각투성이
편집 김영하, 안주영
디자인 생각을 머금은 유니콘
마케팅 김사랑

발행처 생각뿔
주소 서울시 서초구 반포동 66-1 코웰빌딩 102호
등록번호 제233-94-00104호
전화 02-536-3295
팩스 02-536-3296
커뮤니티 www.facebook.com/tubook2018(페이스북)
e-mail tubook@naver.com
ISBN 979-11-89503-44-4(04800)
　　　 979-11-964400-8-4(세트)

생각뿔은 '생각(Thinking)'과 '뿔(Unicorn)'의 합성어입니다.
신화 속 유니콘의 신성함과 메마르지 않는 창의성을 추구합니다.